災難觀光團

命懸一線的旅程即將出發

밤의 여행자들

尹高恩 윤고은 著

簡郁璇 譯

各界好評

「這是犯罪推理小說嗎？」獲英國犯罪作家協會頒予翻譯匕首獎肯定的《災難觀光團》滿溢離奇、荒謬、諷刺的黑色敘事，警世意味濃厚但不嚴肅說教，奇想連翩卻讓人不禁對照起諸多現實，叫我大開眼界的驚悚故事。

——冬陽（推理評論人）

幸福是理解自己的災難。天啊，這作者想像力如此豐富，卻又這麼和現實貼近！能讀到這書，在這時節，我為自己感到幸運，希望你也可以蒙受祝福。

——盧建彰（導演、作家）

一趟荒謬旅行，反射對人性與資本主義社會的洞察，殘酷而逼眞。

——彭紹宇（作家）

《災難觀光團》以世界的災難輻射個人的災難，形成巨觀地景與微觀心理場景的交互映照。雜揉生態、性別、觀光資本主義等議題，尹高恩的小說引領我們反思：我們是否無意間將他人的日常當成自我饜足的奇觀，因而共構了殘酷的觀光？

——林新惠（作家）

彷彿觀賞一部電影般的《災難觀光團》，就像是可能會出現在某處，卻又不存在於任何地方的故事。闔上書本，閉上眼睛，我聽見了「美奈」的浪打聲，腦中描繪出猶如聖誕樹般閃爍的夜空繁星。小說是以不存在於世上的島嶼美奈爲背景，雖然它並非實際存在，卻是可能存在於某處的未知之島。當腦中的美奈風景益發鮮明，在那個地方發生的陰謀輪廓也漸趨清晰。隨著未知的存在帶來的威脅，主角尤娜的旅程走向了無法挽回的悲劇。對人們製造的可怕事件視而不見，只顧自身安危的登場人物，終究只能屈服於人禍無法與之抗衡的力量，俯首稱臣。他們的樣貌彷彿你我，讓人不禁毛骨悚然。每翻閱一頁，小說便如拼圖般逐步現形，讓人不得不讚嘆作家的鬼斧神工。

——金惠娜（電影演員）

尹高恩不是透過災難本身，而是透過把災難的意象進行商品化的世界，描繪出如末世錄般的局面。重要的不在於尹高恩刻劃出單純推崇災難的末日啓示錄，而在於她具象化了即便是在這等情況，後資本主義社會依然將災難當成意象收藏、當成商品消費的運行法則。這也反映出作家從現今處境發現症狀，並解讀出其中徵兆的敏銳觀察力。災難旅遊的虛構設定，要比我們所處的現實更可能發生，時而更加逼眞。

——姜宥晶（文學評論家）

本書以看來戲謔的諷刺手法，揭露出施壓在主角身上的勢力，其規模之大、之恐怖，最終會將自身的商業理念撕扯成血肉模糊的碎片。

——泰晤士報

《災難觀光團》以鮮活尖銳筆法寫出晚期資本主義下，工作與休閒生活詭異的交織，氣氛冷冽的故事既幽默又荒誕，有著懸疑性，甚至是帶著恐怖感——這本饒富趣味的生態驚悚小說，直指氣候變遷主題與全球資本主義的壓迫力道的密切關聯。

——衛報

本書直視殘酷的演算。放在當今疫情時節來讀，讓人倍感驚心。透過這本反諷晚期資本主義的作品，我們看到透過工作界定的身分認同，一向是在如何被剝削或如何剝削人之中形成。

——大西洋月刊

閱讀本書會感到一種即將發生災難的震顫，彷彿將會出現巨大、不可控的事物來吞噬生命，並用以包裝、營造、控制那些恐怖旅遊……太震撼了！

——旁觀者雜誌

這本小說提醒我們，如今我們努力對付的災難並非出於上帝之手，而是人類行爲所致。

——Refinery29網路媒體

讓人坐立難安，卻又有趣到不忍釋卷——這本小說以不說教的方式探討倫理議題，在焦慮暗湧推動下，直到故事高潮。就讀吧！你會看到一些釋懷之處，但也會好一陣子不旅遊了！

——Literary Hub文學雜誌

揭發旅遊體驗本質的虛假性——尤其是那些號稱幫助在地發展，甚至蘊含人道主義的體驗活動——看了之後，會讓你深深反思自己以往的旅遊經歷。

——洛杉磯書評

韓國作家尹高恩看似輕柔，實則挑釁的小說，帶來了令人戰慄的敏銳觀察——她把荒謬卻合乎邏輯的恐怖與日益高升的驚悚揉捏成形，藉由如噩夢般震撼的旅遊島嶼勝地，說出人力賤價的旅遊業在發展中國家是何等光景。

——出版人週刊星級好評

作者之筆如冷靜的手術刀，避開了感傷，不濫情地推進病態又嬉鬧的情節，呈現出逐利爲目的的生態災難旅遊的戲劇性……誇張又高明，出人意料的發展遊走在恐怖驚悚喜劇之間……本書寫出當代生活有如荒謬劇場的面向，一切始於黑暗，從黑色喜劇的職場現況衝向濃艷高彩度的混亂情境。

——The White Review雜誌

作者呈現的是反烏托邦女性主義生態驚悚故事，揉合氣候變遷、性騷擾、貪婪與暗黑旅遊主題。這本小說實在獨特、懸疑，又扣人心弦。

——Ms. Magazine雜誌

衝著氣候變遷日益惡化而來的生態驚悚故事，黑暗又有趣……詼諧、直白，讓人大開眼界，對資本主義的犀利批判，與當前世界所推崇的無情，及其創造的貧困全都巧妙地編織成密網。

——BuzzFeed網路媒體

目次

CONTENTS

1 叢林

北上，

高氣壓、櫻花、某人的訃告。

南下，

黃沙、罷工、垃圾。

過去一週，以最快速度處理的是死訊——過了出殯日就失去效力，有效期短，因此必須從速辦理。

消息始於慶南鎮海，偏偏是在與櫻花發源地畫上等號的地方。在某個下午的一場巨大海嘯下，那地方的所有生活戛然而止，化爲了點、點、點。去迎接花海的人、行走的人、進行日光浴的建築物及海邊的路燈，也全都翻船了，化爲了點、點、點。

尤娜在週五下午南下至鎮海。尤娜是旅行社的企劃人員，雖然她任職的叢林旅行社並未推出與鎮海相關的商品，不過很快就會有了。這一刻，最迫在眉睫的就是發放慰問金與派遣志工到鎮海市。爲了轉交分別向近千名叢林旅行社員工收取的一萬元奠儀，以傳遞深摯的慰問並掌握事態，尤娜在鎮海度過了週末。根據叢林旅行社的分類法，災難可分成火山、地震、戰爭、乾旱、颱風、海嘯等三十三種類別，其中又衍生出一百五十二項旅遊商品，而尤娜打算企劃出結合鎮海的海嘯事件與志工活動的商品。

相較於從首爾出發到鎮海，返回首爾所花費的時間更長。賞花人潮要比尤娜早一步踏上北返的歸途。南海岸發生海嘯後，新聞先是播報天氣預報與櫻花盛開的消息，接著也轉播了化成廢墟的社區朝哪裡移動的畫面，也就是海洋垃圾漂流的預期路徑。那裡有眾多慘遭丟棄的生活物件，尤其是塑膠品、不會腐爛，卻很容易受世人遺忘的東西，以及壽命雖長，在記憶中卻很短暫的東西。短短幾天，眾多垃圾又往南移動了一些，儘管它們依然飄浮在大海之上，但不再是昨天的那片水域。

關於海洋垃圾的預期路徑，大家是眾說紛紜，有人說它們流向了位於太平洋的某處、形成有韓半島七倍之大的垃圾島；也有人說兩年後它們會通過智利的海域；還有人已經預想好十年後的路徑。多數的人們都暗自祈禱著，希望垃圾的路徑不要和自己的動線有所重疊。就像排除日常生活的危險要素、刨去馬鈴薯表皮的嫩芽、取出卡在皮肉間的子彈般，人們想要抽去災難，盡可能離自己越遠越好。不過，也有人特意去尋找大家避之唯恐不及的危險元素。他們帶上緊急求生工具、自家發電機與緊急帳篷之類的東西，四處搜尋能稱得上是災難的玩意兒。也就是說，有人會去尋覓流入茫茫大海的垃圾島並特意造訪，而叢林，就是爲這些人服務的旅行社。

尤娜也曾憧憬過那種旅行。尤娜的第一個旅行地點是長崎市，吸引她前去的，是旅遊指南上的一句話：「這座城市中，有好幾座在原子彈襲擊之後慘遭祝融，或是被暴風帶走項上人頭的天使像。」雖然旅遊指南上標示的是缺了人頭的天使像所在處，但尤娜眞正感興趣的是人頭飛去了哪裡。當然了，大部分尤娜感興趣的東西都是被省略的。她所關心的，是從石子上掉落的石子、從鮮魚身上刮下的魚鱗、從馬鈴薯的表面刨去的嫩芽、沾上鮮血的子彈，這些東西的現在式。

在叢林，尤娜花了逾十年的時間四處搜尋災難，並將它們商品化，但這份工作與她年輕時的志向可說是八竿子打不著。尤娜不過是習慣了把一切數字化的過程。災難的頻率、強度、人名與財產損失都轉成形形色色的圖表，貼在尤娜的辦公桌上，旁邊還有世界地圖和韓國地圖，但大部分標示在地名上的備忘錄，都是分析災難時的必要資訊。如今對尤娜來說，某些地名甚至和災難畫上了等號，像是在紐奧良能親眼目睹颶風的痕跡；在紐西蘭能一窺令整座城市轟然倒塌的大地震；在車諾比可以體驗核能外洩後形成的幽靈村莊，以及由輻射落塵造成的赭紅群林；在巴西貧民窟可以體驗經濟危機的殘酷現實；在斯里蘭卡、日本和普吉島，可以體驗海嘯席捲的威力；至於在巴基斯坦，則可體驗大洪水的侵襲。認真說起來，沒有哪個城市是無災無難的。災難猶如憂鬱症，潛伏在世界上的每個角落，當刺激超過某個臨界點，憂鬱症就會化膿、破裂，但有時它也可能平靜地躲藏終生。

全世界每年大約會發生九百件規模五點零以上的地震，同時每年有約三百個大大小小的火山會爆發，而這些事實對尤娜來說，就和交通號誌從綠燈轉爲紅燈，又或者從紅燈轉爲綠燈一般自然。從去年全世界因自然災害死亡的人口接近二十萬名，以及近十年，平均每年死亡人數大約爲十萬名來看，很顯然無論是災難的頻率或強度都在逐漸加劇。儘管技術日新月異，能防止的災難種類也增加了，但同時間新型災難亦如雨後春筍般接連出現。總而言之，這些都是工作。對尤娜來說，無數的災難就等於是業務，因此在尤娜的腦袋中，有時相較之下非常微不足道的事件，竟也與龐大的災難處於平起平坐的地位。乍聽之下，這番話可能會讓人心生納悶，畢竟兩者如何能相提並論，但實際上眞的就是這樣。

φ φ φ

「科長，客服中心轉過來的。」

後輩把電話交給了尤娜。現在，她必須如機器般說幾句制式的話了，像是「顧客，如果您要取消的話，就會衍生手續費」或「條款上都寫得很清楚」之類的。精準地來說，這些事並不隸屬尤娜的工作範圍，可是她卻已經接了好幾通由客服轉過來的電話，就好像尤娜的辦公桌在無形中被移到了別處似的。

「先生，我們沒辦法退款。」

聽到這種話之後，客戶的反應都千篇一律。

「還剩下三個月耶，竟然要收百分之百的違約金，這怎麼說得過去？都是因爲孩子生了病。眞的完全不能退款嗎？不是啊，怎麼會有商品無法取消？」

「可以取消，但無法退還已經付清的訂金。」

「可以取消，但不能退款？天底下怎麼還有這種事？如果要這樣講，那一開始還不如少付點訂金！事到如今，我也只能去向消保會申訴了。」

「需要我給您消保會的電話嗎？不過，就算您打去也沒用。打從一開始條款就寫得一清二楚，無論是在哪個時間點取消，都百分之百不能退款，而您是以此條件簽約，也已經簽名了。您在付清訂金的同時，總金額就已經打了許多折扣，因此我認爲這個選擇並不算太壞啊，這也等於您是在絕佳的時機點以最優惠的價格簽約。就同類商品來說，現在簽約的人還得多付百分之三十五才能去呢。」

「喂。」

客戶的聲音終於冷靜下來。

「是因爲孩子生病了，他都已經住院了，按照人之常情，不是應該要讓我們取消嗎？」

「您想要的話，可以替您取消。」

「但不能退款吧？」

「您很清楚呢。」

「妳叫什麼名字？」

「先生。」

「我問妳叫什麼？妳口中的奧客現在心情很不爽，沒辦法嚥下這口氣，給我報上妳的名字。」

「我叫高尤娜。」

電話就這樣掛斷了。他顯然很氣憤，但尤娜也同樣動了怒氣。天底下的客戶都一樣，當通話對象的職等越高，他們就越寬宏大量，所以不時會發生客服中心把電話轉給企劃人員的情況。尤娜之所以生氣，是因爲她的業績正值如日中天之際，根本無暇被這種電話糾纏，而且公司也不會同意這種事，畢竟尤娜可是旅行社的智囊，可不是開口回覆客服電話的人。

尤娜沒想到，業務範圍一點一滴地改變竟也是被罰黃牌的一種形式。關於黃牌這個玩意，尤娜從剛進公司的時候就知情，與其說黃牌帶有警告意味，不如說它更接近某種宣告破裂的訊號音。一旦收到了黃牌，除非發生某種天崩地裂的大事件，否則是難以阻止當事人的地位從那一刻開始暴跌。尤娜原本以爲，眞正的黃牌可能會以信件、電子郵件送達，又或者是託某個人送過來，但黃牌並沒有以那些形式出現，而是用神不知鬼不覺、極爲巧妙，但當事人又肯定能產生危機意識的方式登場。

收到黃牌的人面前有兩條路可選，要麼就是在發生轉變的工作環境中認眞打拚，不然就是用盡全身力量來表達自己的反感。也有人在突然一落千丈的位置上咬牙苦撐五年後，又重返原來的崗位，但原本在那人底下工作的下屬，如今已成了他的頂頭上司。而且雖然那人回到了原來的位置，但也沒撐上幾天，因爲他的身體健康出了狀況。也許是被判黃牌之後打擊太大，以及五年來坎坷曲折的際遇導致他的大腦生出了腫瘤吧。尤娜不知道那人是誰，那是傳言中「隔壁組部長的故事」。

最近尤娜格外有種奇特感覺，彷彿每到上班時，她就像偶然飄進公司的蒲公英種子，分明坐的是自己的座位，卻好像只能坐今天這麼一天似的，十分彆扭。每每看到那些新人如乞討的叫化子般在走廊四處遊蕩，她就覺得忐忑不安。而尤娜會說出那樣的話，是因爲幾個要好的同事在茶水間大肆抱怨的氣氛下使然，但起先大家只是隨口聊聊，直到尤娜說了那話之後，氣氛便突然變得很眞摯。原本像是朝垃圾桶扔進衛生紙般隨口說完，然後左耳進、右耳出的同事們，個個面露嚴肅地問尤娜：

「妳碰到了什麼不舒服的事情嗎？是不是？」

尤娜感覺好像只有自己陷入了險境，於是急忙離開了茶水間。可是事實上在幾天前，確實發生了讓她不自在的事。尤娜準時前去開會，可是那裡卻連半個人也沒有。有個後輩瞪大了眼睛，從另一頭走向尤娜。

「不是要開會嗎？」尤娜邊走出空蕩蕩的會議室邊問，結果後輩眨了眨眼，說：「今天不是犯規嗎？」

「犯規？」尤娜反問。

後輩卻回答：「就是說啊。」

哪來的「犯規」？這又是什麼新的流行語？還是簡稱或暗號？仔

細想想，前一天去隔壁部門時也聽到有人說：「是因爲犯規。」尤娜糊里糊塗地說了聲「是喔」，結果完美錯過了詢問「不過，那是什麼意思？」的時間點。她原本以爲自己不需要刻意去了解那個用詞的涵義，只要找出它是在什麼情況下反覆出現就夠了，可是卻沒有絲毫頭緒。明明只消找個人問一下就行了，但想到要自曝其短，也同樣讓人不安。更荒唐的是，其他人似乎都知道這個字眼的意思，三不五時就會提到一次。

後輩匆匆忙忙地走遠了，尤娜再次怔怔地望著空無一人的會議室，接著按下了電梯按鈕。通常會議結束後，大夥都會跑到洗手間或吸菸室排解忍耐多時的需求，可是就算那天沒有開會，尤娜也感到筋疲力竭。那時，金也和尤娜一起搭上了電梯，而電梯門才剛關上，他就對尤娜說：

「強森要我跟妳打聲招呼。」

「誰？」

「我說強森，我的小強森。」

金的指尖指著自己的鼠蹊處。那是從二十一樓降下至三樓的電梯內，當時裡面就只有金和尤娜兩人。金甚至不留給尤娜任何表露詫異的餘地，手掌立即不安分地一把捧住臀部——尤娜的臀部。他並非不小心，而是蓄意爲之，言行之間透露出，就算被尤娜發現他是故意的也無所謂。

「妳不是還很年輕嗎？可是怎麼老是在狀況外？」

尤娜盡可能保持自然地轉過身，迴避金的手部動作。這次金的手伸入了尤娜的襯衫。尤娜的心頓時一沉，但並不是因爲親眼目睹金不爲人知的一面，也不是因爲被主管性騷擾的緣故，而是因爲據尤娜所知，金只挑被打入冷宮的人進行性騷擾，好比那些收到黃牌，或者即將收到黃牌的人。或許，金的性騷擾本身即是一張黃牌。

尤娜很頑強地想要抽身，內心卻很顧忌安裝在背後的監視器鏡頭。即便只能看到背影，她也希望能若無其事地站著，別給任何人發現。監視器自然不可能沉睡二十四小時，電梯也不知道何時會打開門，瞬間公開內部正在上演的情況。可是，金膽敢如此厚顏無恥，代表他根本不在乎自己被抓到，同時也是絲毫不將尤娜放在眼裡的表現。這時，電梯突然開啓，有兩個人進來了，但這已經是金把手從尤娜的胸脯移開，乖乖插入自己口袋之後的事了。只不過，金用一種隱約能讓他人聽見的細微音量說：

「所以啊，妳也要多花點心思在語言上。如果不懂當代流行語，幾乎等於是把『我就算落後別人也沒關係！』這幾個字貼在身上走來走去。」

金走出電梯後，電梯內的其他人瞟了尤娜一眼。在那之後，金又有兩次將冰冷的手伸入尤娜的裙底。雖然重點不在於手的溫度，而在於那隻手本身，但就連那份冰冷感，都令人痛恨得起雞皮疙瘩。每次碰到人事變動時，金都會帶上尤娜，十年來都一直是她的直屬上司。他是個有能力的主管——準確地來說，他不是有能力的主管，而是有能力的部下，也因此才能保住有能力的主管這個頭銜。人事考核有百分之五十掌握在金的手上，而他又是喜惡分明，只要是看不順眼的人，他就會不斷地招惹那人，直到超過其忍受的臨界值。要是放任金不管，他可能會更加膽大妄爲。尤娜最害怕的，莫過於讓其他人得知自己成了金的新獵物。要是金能選在隱密的地方對她性騷擾，並且能保守祕密的話，尤娜甚至還會願意忍氣呑聲。但想著想著，尤娜再度搖了搖頭，現在心中最大的疙瘩，是自己已經忍受他的鹹豬手行徑三次了。她感覺自己好像在助紂爲虐，但她認爲，凡是碰過這類遭遇的人，都能理解她的遲疑不決。

φ　φ　φ

春天熱得要命。回想那年春天，最先想起的不是花朵或綠葉，而是汗水。在海嘯襲來的那年春天，尤娜揮汗如雨地跑來跑去，可是等到秋收的時刻到來，金找尤娜過去，說：

「這不是犯規嗎？妳從這次的企劃中退出，多花點心思加強、檢查既有商品。」

那天下午，尤娜所處理的業務，都是新人菜鳥才會做的類型。

「明天要不要來聚餐？雖然大家都很忙碌，但越是忙碌，就越需要有喘息的空間。這次就別吃烤五花肉，吃點不一樣的吧，就由高科長收集一下意見，看組員們想吃什麼。」

因爲金很喜歡看紙本文件資料，尤娜的小組就比其他小組更容易用完Ａ４紙張，甚至最後不得不拿用過的紙張來製作文件。這回爲了決定聚餐的菜單，尤娜徵詢大家的意見，接著製作成文書，拿到金的面前，可是那份文件和上頭列印的結果，最後卻因爲當天早上金的一句話而頓時化爲烏有——「還是吃五花肉吧。」連著好幾天都是這麼度過的，不是負責影印，不然就是接電話，尤娜甚至還上了「想知道你幾月幾號會死嗎？」之類的網站。她輸入個人資料，按下死亡計算機的按鈕時，受到的衝擊就只有「啊，我之前也有點過這個網站」。

數字快速減少的畫面看起來很熟悉，八成在幾年前的某一天，自己也像現在一樣輸入了個人資料，而當時電腦的電子時鐘應該也像現在一樣馬不停蹄地數著時間吧。一秒，不，人生被劃分成比那更小的單位，一點一滴地耗盡，並且赤裸裸地被實況轉播。她有好幾年的時間，都遺忘了自己與這個網站並非初次見面的事實。然而，即便在這段忘卻的時間內，人生的時鐘也未曾停止腳步。即便在尤娜再次興起過去曾有過的好奇心，並再次為了數字的下跌而吃驚的同時，時間也只是越縮越短。

尤娜坐在彷彿數字隨時會歸零的畫面前仔細地思考。能左右命運的，終究都在轉瞬之間。人家不是都說，當年終晚會上發生火災時，通常發現最多具屍體的地方就是大衣寄放處嗎？也許這只是單純的習慣使然，但多數人在碰上生死關頭時，都會一窩蜂地湧向大衣寄放處，以致大部分的人最後都是遭擠壓而死。發生火災時，地面在震動時，警報響起時，大家應該是停下手邊工作，不做他想地往外衝才對。跑去拿外套、帶上背包、儲存筆電資料和按手機按鈕等微小的舉動，最終決定了孰生孰死。

倘若尤娜此時經歷的是場災難，就有必要回頭檢視是什麼樣的行動導致自己被逼至這般景況。也許是因爲某些微不足道卻無法視而不見的事，導致尤娜成了被判黃牌的對象，可是她卻想不起金對自己性騷擾之前的情況。總而言之，此時這種不舒服的感覺分明是來自金。下班之後，尤娜寄了電子郵件給投訴室，然後隨即就收到了回信。投訴室的崔說要請尤娜吃晚餐。

在叢林旅行社，像崔這樣上了年紀的女人是很罕見的，所以幾乎都不覺得她像是公司的人，甚至還有種很平易近人的感覺。當崔問尤娜喜歡吃什麼時，眞的全副心思都只集中在挑選菜單上，顯得泰然自若。最後崔點了平壤冷麵和白切肉，並在徵求尤娜同意後，另外又點了一瓶燒酒。尤娜很沉重地開了口：

「就像我在信中跟您說的，企劃三組的金朝光組長啊……」

「哎喲，討人厭的金朝光！」

崔的反應令尤娜大吃一驚，但也因此她才能順利開口傾訴自己的遭遇。崔說自己很能體會尤娜的心情，同時說道：

「畢竟金組長造成的問題不止一兩件，我也是滿腹怨言。」

「金組長一定樹立了不少敵人呢。」

「敵人是不少，可是要稱之爲敵人也很尷尬，因爲根本就打不過，這就像是大象與螞蟻在對打。」

「您聽說過這些事嗎？比如說，金組長招惹的對象都是被打入冷宮的人。」

尤娜眞正好奇的是這件事。

「這個嘛，我知道的就只有申請面談的人的狀況。會不會是先前的事件所造成的謠傳啊？畢竟和金組長交鋒之後能留在公司的人又有幾個呢？」

兩小時後，又喝空了兩瓶燒酒，這時崔對尤娜說：

「尤娜，我是眞的把妳當成我的小妹才這麼說……都呑下吧。」

尤娜將酒精大口灌下喉頭，她知道崔說的並不是酒。崔再度說道：

「這種事已經是見怪不怪了，雖然是可以檢舉他，讓問題浮上檯面，但就長期來看，最後吃苦的還是妳。再說了，對方本來就很滑頭，總是可以順利脫身。『要是討厭寺廟，和尚就自個兒走人吧。』把這句話拿來形容這種情況再貼切不過了。」

尤娜在聽對方說話時很習慣點頭，過去這被視爲是值得嘉許的態度，而現在也是如此。崔把尤娜的反應當成是她贊同了自己的說法，並輕輕地拍了拍她的肩膀，告訴她這是個明智的決定。再喝光一瓶燒酒後，尤娜也眞的同意了崔所說的話。

φ　φ　φ

儘管投訴室說會保密，但似乎並不會對其他受害者保密。幾天後，尤娜的通訊軟體收到了某些人傳來的訊息，而根據這些人的說法，尤娜非得與他們「並肩作戰」不可。四人（其中也有男性）在公司外頭等著尤娜，最後他們改到一間離公司頗遠的餐廳去談話，而尤娜心裡也大致猜到了這些人為什麼找上自己。

「我們必須趁這次的機會趕走金組長。雖然兩年前也曾經嘗試過，但因為準備得不夠充分就草率行動，最後反而導致受害者之間起了內鬨。這次我們做了滴水不漏的準備，聽到高科長您也和我們有相同的煩惱之後，雖然內心百感交集，但另一方面又覺得有了強力後盾。」

一言以蔽之，就是他們要舉發金的惡行，可是這些集合的人個個落魄潦倒。聽他們說話的同時，尤娜不由得心想，或許有關性騷擾對象的謠傳並非空穴來風。好死不死的，尤娜是他們之中位階最高的人。儘管大家似乎因為尤娜貴為首席企劃而獲得莫大的鼓舞，但對尤娜來說，這群人帶來的壓力絲毫不亞於金。遇見這群人之後，尤娜的內心甚至還浮現了自己「只是」被性騷擾三次的念頭。因為他們之中，還有人碰到更露骨的性騷擾與嚴重的暴力行爲。和他們相較之下，尤娜目前還算是「正常的」。處境最爲急切的男人對尤娜說：

「下週一，我們預定在公司大廳進行示威。受害者是無罪的，所以我們可以光明正大、理直氣壯地站出來。眞正應該感到羞恥的，不是金朝光那個臭小子嗎？請您加入我們的行列吧，科長。」

「不是這樣的，雖然的確發生了一些不光采的事，但還不到能稱爲性騷擾的程度，其中也有我誤會的地方。」

聽到尤娜的話後，大夥兒都有些驚慌失措。心情急切的男人說：

「科長，我們全看見了。」

這次是換尤娜感到驚慌了。

「公司有多少台監視器？搞不好只有科長您不知道，其他人其實都知情。雖然知道您很不自在，但要是隱瞞這些事情，我們的處境會更加爲難的。」

那句「我們」更讓尤娜感到不自在。尤娜以另外有約爲由，試圖想趁機開溜。

「我們能明白您的不知所措，可是越是緊要關頭，就越需要團結合作。我們會再跟您聯繫，因爲您需要時間好好思考。」

尤娜趕緊回答說好，接著便站起身，拉開拉門，來到了外頭，可是卻不見自己鞋子的蹤影。看到尤娜的鞋子不見了，眾人之間掀起了一陣騷動。這間餐廳的構造是沿著走廊有一整排的包廂，但似乎是其他包廂的客人或某人不小心穿走了尤娜的鞋子。

「所以說啊，您就應該把鞋子擺進鞋櫃嘛。最近這種事三天兩頭就發生，眞讓人頭疼。哎喲眞是的，鞋子不見了，這下該怎麼辦呢？」

老闆大驚小怪地嚷嚷著，多虧了他的大嗓門，本來已經關上的包廂門又再次打開了。裡面的一名受害者對尤娜說，要是她趕著赴約，自己可以盡快替她到附近買一雙鞋回來。尤娜很堅決地推辭對方的好意，先向餐廳借了一雙品質粗糙的拖鞋，離開了現場。

弄丟的鞋子，原本是一點五雙的鞋子。換句話說，當初買那雙鞋時，多贈送了一只右腳的鞋子。假如鞋子沒有在那間餐廳遭竊，現在也就不會只剩下孤零零的一只右腳的鞋子了。被留下的一只鞋子讓尤娜想起了那群人，想起了金，令她感到渾身不對勁。

儘管後來尤娜又收到了幾封電子郵件和來電，但她都保持沉默，因為她並不想將自己受性騷擾一事視為既定事實，也不想成為據理力爭的受害者，站在公司大廳大肆抨擊金。講得更準確些，她並不想被定義為受到性騷擾的一群人，換句話說，她不想被定義為被打入冷宮的人、落敗者或小嘍囉。見到尤娜無意並肩作戰，大家只說「我們懂了」便轉身離去。過沒多久，尤娜在上班時碰見那群人拉著布條站在大廳，他們並沒有遮住臉孔，倒是尤娜不自覺地遮住了自己的臉。數日後，進行示威的人全受到了懲戒。那天，尤娜把碩果僅存的那一只鞋子也扔了。

φ　φ　φ

「對方說拜託您了。」

後輩把客服中心的電話轉給她時如此說道。電話中的男子頻頻說：「拜託了，真的不能做點什麼嗎？」他想說的是，「拜託了，不能取消嗎？」尤娜很想回他：「拜託了，你就不能趕快結束這通電話嗎？」但聽到男子接下來說的話之後，便失去了回嘴的力氣。男子說，原本報名要同行的人死了。

「同行者和您的關係是直系血親嗎？」

「不是。」

「我們確認之後會再跟您聯繫。」

尤娜再度問了男子的電話號碼，接著便掛斷了電話，可是到底是要怎麼確認？這個旅遊行程的取消與否，全權掌控在尤娜的手中，只要尤娜打定主意，就能不收取任何手續費，直接替男子取消，但這並不是公司可以採納的事由。只是，人都死了，是要怎麼去旅行？尤娜認為自己非替男子取消不可，可是就在那天下午，鎮海旅遊商品的簡介掛著隔壁小組同事的名字，突然出現在尤娜的辦公桌上。尤娜的怒氣一時直衝腦門，實在沒辦法繼續坐在公司，於是要比往常早一點下班去了。

平時尤娜下班時需要搭乘的地鐵線有三條，不過也可以只搭兩條路線。短短幾年內，回家的途徑變得五花八門，這全是因爲地鐵站之間的點越來越密集，而且又開通了新路線，既有路線又朝著鄰近都市擴張所致。儘管根據搭乘哪條路線會有些微的差異，但尤娜回家所耗費的時間確實逐漸縮短了。原本地鐵站之間就已經夠縱橫交錯了，居然還能繼續發展，不免令人詫異。然而，就尤娜的心情來說，只覺得回家的路線更加漫長乏味了。地鐵都已經開發這麼多條，可是下班的路途上卻總是塞滿了人，這點實在很讓人疲乏無力。都市有多麼極力擴張自己的身軀，就有多少人大批大批地鑽入這座城市的懷抱。這時，有電話打了進來，是上午打電話來的那個男子。他之前是說本來要一同前往的人死了嗎？爲了這個不可抗力的理由，男子要求取消行程。儘管令人怒火中燒的是，這名男子在尤娜下班後還硬是打手機纏著她不放，但相較之下，尤娜更埋怨叢林旅行社竟把下班的人的手機號碼透露出去。尤娜對這個等待自己處分的男子下了判決：

「只有在當事人死亡時才能退款。」

尤娜說話的同時，一大批人潮恰好淹沒了她。「因此，同行者可以同時取消行程並進行退款，但先生您得去旅行，不然就是在無法拿回訂金的前提下取消。」

男子掛斷了電話。尤娜定睛注視著地鐵路線圖，即將開通的路線上的點、點、點令人窒息，已經在軌道上奔馳的諸多路線被拉得越來越長。尤娜想用火焰炙烤地鐵的尾端，猶如以火燒烤碎布的末端，避免線頭再度鬆開。

φ　φ　φ

夏季揭開了序幕，花朵老早就枯萎了，而黑亮的櫻桃果實掉落到地面。黑亮櫻桃縱身跳下後，人行道的磚塊於是留下淤血的痕跡。最終，尤娜遞上了辭呈。

「妳老實說說，妳是需要休息，還是想找其他工作？」

金一邊說道，一邊在販賣機買了咖啡給尤娜。金的提問很純熟老練。

「我想休息一下，身體狀況也不太好。」

金點了點頭，也許尤娜的回答正是那種老掉牙的常見台詞。

「可是，我怎能輕易放妳走呢？」

尤娜只是靜靜地盯著地面。

「就這樣辦吧。我會給妳一個月的休假，妳呢就趁這幾個禮拜好好休息，去旅行一趟吧。不是站在公司員工的立場，而是以消費者的立場去體驗一下。剛好有幾個正在討論要保留還是要收手的商品，如果妳從中挑選一個的話，經費可以全額報出差費，只要妳旅行回來之後寫份報告就行了。畢竟妳也打拚了十年，工作倦怠挺正常的。」

「我的位子可以空一整個月嗎？」

「從妳的立場看來是休假，但公司這邊會做出差處理，所以妳不用擔心。妳可以決定商品的存廢，因爲公司會參考妳的意見，再決定商品的生死。」

「我企劃的那些項目也包括在內嗎？」

「嗯，沒有。」

「那應該是有另外的人負責吧，我有權利這麼做嗎……？」

「負責人哪能做出客觀判斷？這種情況之前經常發生，這次是由我來掌管，況且妳不是我全心信賴的首席企劃嗎？就出差的角度來看，這可是個爽缺，妳知道吧？」

見到尤娜露出意想不到的表情，金輕聲細語地說：

「在我進公司大約十年時，我的恩師也採用了相同的方式。當年我很理所當然地就接受了，可是工作久了才發現，這是一間非常冷酷無情的公司。幸虧這次碰上了絕佳的機會，妳就當是公司看在妳長年效力份上所給予的餽贈吧。」

反正一開始也不是眞抱著非辭職不可的決心而提辭呈，只不過若是不這麼做，金可能會更蔑視自己，所以才發送訊號提醒他罷了。在這裡，休息並非稍作停頓的逗號，而是澈底結束的句號。發現自己心力枯竭時，大家會以迂迴的方式申請留職停薪，但有很多人自此沒再回到公司。不過，另一方面，也有本是句號卻以逗號處理的相反案例。至少如果是公司想要留住的人才、必要的人才，公司是不會任由對方提出辭呈的。尤娜需要確認幾件事，而她認爲此時雙方算是達成一種默認的協議，等於是金拿自己犯下的過錯和出差爽缺來做等價交換。倘若金沒有在此刻輕輕地拍打尤娜的腰部兩下，她差點就把金先前提到「小強森」的事給忘了。

尤娜快速地將叢林正在販售的旅遊商品目錄瀏覽一遍，上頭有「火山的殷紅能量」「大地的撼動、水之審判——諾亞方舟」「令人聞風喪膽的海嘯」……前十名的人氣商品中沒有一個是尤娜所企劃的。其中有尤娜播種施肥、吃盡各種苦頭後，卻是未能歡喜收割的商品。那項商品後來交給了其他負責人，但光是看到標題出現鎮海和櫻花等字眼，尤娜的心中就已經升起一把無名火。那項商品目前位居販售排行榜的第七名。不必動手就有現成的便宜可撿，那位負責人此時肯定正快活地哼著歌吧？一想到這，尤娜又忍不住怒火中燒。

尤娜能選擇的商品有五種，這幾個要下架的候選商品中，也沒有尤娜企劃的商品。尤娜的能力就介於最受歡迎與最不受歡迎的商品之間。她決定透過與客服通話來獲取與旅遊商品相關的情報。她一提到自己正在考慮這五款商品，不出所料，客服推薦了最貴的商品。

「我想推薦『沙漠的天坑』給您，它的價位之所以比其他商品高，是因爲住宿的緣故。因爲是剛蓋好的度假村，所以整體設備很乾淨，是兼具休養放鬆功能的商品。能夠一次體驗火山、沙漠和溫泉三種主題的機會畢竟不常見嘛，它既然貴了兩成，自然也會帶來同等的滿意度。」

從客服的回答聽起來，他完全不知道自己正在宣傳的商品價值掉了兩成以上，因此正處於存廢的十字路口。總而言之，既然能報出差費，站在尤娜的立場，理當選擇最貴的商品。

沙漠的天坑是趟六天五夜的行程，目的地是名叫「美奈」的地方，但尤娜必須先在網路搜尋一下才知道那個地方在哪裡。美奈是個和濟州島一般大的島嶼，如果想去美奈，就得行經越南的南部。先搭飛機前往胡志明機場，再搭巴士到藩切市這個海岸城市，接著還要搭船半小時左右才能抵達美奈。尤娜大概能明白爲什麼這項商品會不受青睞，光是路途往返就要耗掉兩天，而且相較於其他災難旅遊行程，能欣賞到的風景卻是微乎其微。儘管如商品名稱上寫的，沙漠中確實有天坑出現，而它也能如同傳單文案所說，是一幅「望而生畏又充滿悲傷」的景色，但問題就在於如今它已然形成了一座湖泊，因此看上去完全不可怕，也沒什麼獨特之處。如今說起「天坑」二字，大家想到的至少會是二〇一〇年強襲瓜地馬拉市中心、深達五百公尺的詭譎巨坑。尤娜都忍不住開始懷疑，美奈這個區域果眞能夠滿足客戶的期待感嗎？她順勢把自己即將搭乘的班機也全搜尋了一遍，但這純粹是習慣使然。

欲望與關注度是成正比的。原本靜靜地盯著某個地名，還有以雙眼掃視地圖之前僅僅是豆大般的欲望，一旦抱持興趣開始進一步了解，便逐漸擴大起來。尤娜這才想起遺忘多時的事實——自己是因爲喜歡旅行才進入旅行社工作。雖然有幾次去國外出差的經驗，但尤娜主要都是在國內工作。儘管也能以個人的身分去旅行，可是眞正碰到休假日時，尤娜卻又什麼都沒做。無論是出差或旅行，只要想到即將跨出國門，前往其他國家，頭頂上緊閉多時的窗戶就彷彿稍微打開了一道縫隙，而冷得恰好的陌生空氣也跟著進進出出。

尤娜取出塵封多時的護照。包括目前仍有效及過了有效期的護照在內，抽屜內共有四本護照。第一本護照中，尤娜的照片就像保羅・克利的自畫像一樣沒有露出耳朵。有關大頭照的規定，是逐漸朝著露出耳朵和眉毛的形式進化。嗯，不太確定這到底算是進化還是退化，但總之規定是朝著臉部要能看得更清楚的方向改變。儘管尚未決定旅遊行程，尤娜卻先取出行李箱，把護照和相機放了進去。

倘若災難將整個世界一刀切出斷層，那麼相機就是使斷層更有臨場感的輔助工具。當相機喀嚓拍下時，被拍攝的已不再是人物或風景，而是時間的空白。有時，相較於此時生活的時間，短暫的空白反而對我們的人生更具影響力。尤娜心想，也許所有旅行在開始之前就已經跨越起跑線，而旅行，只不過是去確認已經開始的步伐罷了。

時間在忍耐中流逝，尤娜將休假前應該完成的工作處理完畢。其中之一，就是替來電兩次的男人取消行程，而且不收取任何手續費。儘管尤娜必須爲此呈交一份五頁的文件，但工作上的這個漏洞，另一方面也像是可供尤娜呼吸的氣孔。

旅行出發時間安排在七月初，儘管還有一個多禮拜，尤娜卻像是忘了什麼急事似的，開始把物品一項項丟進背包。她帶了防蚊手環、常備藥，還帶了要給當地孩子們的鉛筆和糖果，另外還需要便祕藥和腹瀉藥。尤娜一邊準備行李，一邊又不免想著，自己眞的需要帶這麼多東西嗎？好不容易封上了背包，可是每天她總會再打開背包一次，原因包括：要再放入物品，或是當下需要使用，因此必須取出的物品。連著幾天，尤娜都在橫跨兩個世界的狀態下度過，直到要出發的當天早上，背包才眞正算是封上了。

現在，尤娜終於置身之前只在腦海中想像的機艙內。她將毯子拉到脖子處，凝視著沒有稜角的窗戶，而下方的景致化成了點、點、點，就像是用鑲嵌的燈光做了馬賽克處理。從上方俯瞰，都市已經呈現飽和狀態。置身於過度肥胖的都市時，只覺得一切都很理所當然，可是拉開距離往下看，一切都顯得無關緊要了。此時，夜晚的航班飛行得十分順利。

2

沙漠的天坑

六名乘客已在越南的一號國道上流動三小時了。在龐大的摩托車浪潮席捲下，他們所搭乘的巴士正處於非漂流的漂流狀態。幾乎每一條街都有摩托車，不是停著，就是在路上奔馳著。他們在等待要載的某個人，又或者爲了尋找載客而東張西望。最多可載四人的摩托車，等距離間隔豎立的國旗，把麵包、麵條裝同一個籃子的攤販在路旁規律交錯登場。屋簷下與大門裝飾得格外漂亮的二樓建物，以及宛如厚重髮絲般的電線逐一在巴士車窗外流過。乘客們從車窗一窺喜氣洋洋在庭院舉辦婚宴的人家，朝成堆的墳墓按下相機快門，藉以閱讀此時此地的當下。

其中最吸引尤娜目光的，莫過於以各種型態在道路上奔馳的漢字。有寫上「快速送達」的背心、「裝載危險物品」的T恤，還有在巴士應當出現「自動門」字樣的位置上貼的「自動口」幾個字。

「現在越南有很多車輛還貼著首爾巴士的路線圖。韓國舊式車輛會出口到這裡，據說如果能貼上幾個漢字，就能以更高的價格成交，所以有很多人會刻意把韓文字剪下來貼在車身。但是，只要仔細觀察，就會發現到處都有乍看是韓文寫成的句子，但意思根本不同。我不久前還搭了經過中央市場到景福宮和痲浦區廳的巴士，當然巴士實際跑的路線不一樣啦，是不是很有趣啊？」

儘管長途跋涉，但果然薑是老的辣，導遊依然活力充沛。她叫做「露」，雖然是韓國人，但一年有十個月左右待在越南、美奈或柬埔寨等地。露說，其中自己最喜歡的就是美奈，因爲美奈的飯店特別高檔。

一號國道初次與海洋相會的交點是在越南的濱海城市「藩切市」，也是前往美奈必經的關口。巴士停在藩切市的大型超市入口前面，導遊從副駕駛座上站起身。

「我們在這間大型超市休息一小時再出發，因爲美奈市區沒有大型超市，如果各位要購買必需品或零食，就請在這裡買齊。」

一小時後，巴士上的購物籃內都裝了大同小異的物品，像是G7咖啡、歐樂B牙刷和越南燒酒Nep Moi等。所有人的購物籃內都有一綑牙刷，因爲導遊說越南的牙刷特別便宜，因此大家也就腦波很弱地跟著買了。有幾個人笑著說，以前往災難地觀光的遊客來說，這幾個購物籃的內容會不會也太柴米油鹽了點？

「說不定啊，美奈的風景要比我們所想的更像日常風景呢。」男子對尤娜說道。

同行的人之中有兩名男子，一個是剛退伍的大學生，據他說，從入伍時他就在爲這趟旅行做準備，還有一名男子看上去大約四十上下，沒想到卻意外年輕。他才比尤娜大一歲，是一名編劇。向尤娜搭話的正是這個男人，雖然目前還沒有拍成電影的作品，但他賣給電影公司的劇本多達兩位數，目前是靠各種副業來維持生計。剩下的兩名女子是一對母女，女子是小學教師，帶著五歲的女兒一起來。接著，輪到大家開始問起尤娜的事。

「您還是未婚吧？」

「妳幾歲呢？」

「您從事什麼工作？」

尤娜沒辦法坦承自己是來出差的旅行社人員，也不好說開發此項行程的人就是隔壁部門的同事，雖然她很好奇坐在前面的導遊是否知道旅客的個資，但幸好露知道的就只有護照上的資訊。尤娜替自己胡謅了一個適合的職業，總之她最後變成了一個三十三歲的小型咖啡廳主人，而這本來就是尤娜憧憬的生活型態。倘若有一天眞的辭掉叢林旅遊的工作，尤娜想開一家販賣咖啡和派塔類的店鋪。

「其實我是借了學生貸款來的，因爲這趟行程貴死了。嗯，保險費也很豐厚，趁這機會對家裡盡點孝道也不錯嘛。」

大學生是以開玩笑的口吻說的，但導遊卻面帶嚴肅。

「只要遵守注意事項就不會發生意外，在違反規則下發生的意外，是沒辦法拿到補償的。」

「喔，這個我也知道。其實我原本就對公平旅行很感興趣。雖然朋友們都去參觀博物館啦、宮殿啦，但我對那些不感興趣。等這次旅行結束，我想要比任何人都更賣力生活，但假如莫名掛掉的話，就趁機對父母盡點孝道。」

大學生語畢，導遊再次斬釘截鐵地說：

「你不會有莫名掛掉的可能性，我們叢林旅遊的服務呢，可不是馬馬虎虎拼湊出來的。」

大學生搖了搖頭，同時將視線轉向窗外。尤娜在這席對話中發現了兩個盲點，其一是這趟旅行大概很難讓大學生有公平旅行的感覺；另外一個是導遊並未保證叢林旅遊的服務系統是百分之百安全。尤娜回想起之前叢林旅遊發生過的幾次安全事故，雖然死亡意外可以用一隻手數完，但導致那些死亡意外的事由包括強盜、交通意外和熱病等，而這些玩意不太可能是遊客自行選擇的災難。也就是說，這些是未獲得事前指引，也不是拿來大肆宣傳的災難。站在尤娜的立場上，導遊等於是在無意間說了謊。露說的話確實是在自己所相信的情報範圍內，但過去並不是沒有發生過意外，只不過是消息沒有傳出去，或者傳得比較慢罷了。

當醃製海鮮的強烈氣味以匍匐之姿逼近時，他們抵達了目的地。尤娜深深吸了一大口氣，同時心想，這大概就是魚露的氣味吧？以往只從書中文字讀過的味道。魚露可以看做是一種使鮮魚發酵的醃製海鮮，隨著煮菜的食材逐漸改變，它也在附近人家的餐桌上占有一席之地。美奈就是靠魚露勉強維持生計的地方。「在美奈，每一天的早晨都是在捕收漁獲的忙碌中度過。美奈的所有夜晚，則充滿了鮮魚在鹽巴中醃漬發酵的氣味。」這是旅遊指南手冊上的第一句話，但實際上這個句子並非現在式。目前美奈大部分的勞動力都外流到其他都市，如今可以在美奈嗅聞到的魚露的腥味，並不是從當地散發出來，而是來自附近的海港都市藩切市。

總而言之，尤娜並不討厭這股腥味，因爲抵達某人的家、某人的村莊時，嗅覺只有在第一時間會受到刺激而已。一旦熟悉了之後，就不會時時意識到第一秒時的那股強烈嗅覺刺激。

巴士在椰樹蓊鬱林立的道路上奔馳，但天色已幽暗的美奈並未輕易鬆口，告知這條道路的盡頭會有什麼。這是個夜幕低垂後一片漆黑，不見一條繁華鬧街的島嶼，因此度假村的入口顯得更加燦亮。

巴士停在名叫「Belle Époque」*的度假村前面，這裡是個「住宿者可以擁有專用海灘，所有客房均得天獨厚地享有無敵海景的高級度假村」。

「很高興見到各位，歡迎光臨，這裡是美奈。」

出身當地的經理以一口流利的韓語來迎接他們。尤娜通過大廳，望著遠方的大海。所有客房均以單層小屋的形式漂浮在海面上，從海灘到小屋之間的二十公尺則是以木造橋銜接。尤娜入住的單層小屋是在最邊上，員工打開房門，開始向尤娜介紹內部設施。他介紹了一般高級度假村內部會有的設施，包括自動開闔的窗簾、電視、音響、迷你吧、安全金庫與燈光等等。接著，他一邊說起「這個度假村獨有的特別之處」，

譯註——
*法語：美好年代。

一邊按下遙控器最後一個按鈕。那顆按鈕，正是用以操作房門旁的巨眼雕塑裝置。

「可以用眼皮開闔的狀態來表達你的意願。拉下兩邊的眼皮，就表示不希望被打擾；眼皮往上拉，就代表要求房間清潔服務。」

夜深了，大家都在各自的房間內適應這個陌生的夜晚。大部分房間的眼皮都設定為「請勿打擾」，唯有那名教師的房間，眼皮不斷開開闔闔，這應該是因為身體貼著落地窗站的孩子把遙控器按來按去。

尤娜全身倚靠在沙發上，白色寢具看起來非常整潔乾淨，讓人可以毫無顧忌地將身子拋上去。浴室的一邊是裝滿玫瑰花瓣的籃子，窗外幾公尺以下的大海則像是早已進入了夢鄉。好久沒有這樣休息了，尤娜心想，也許這趟旅程會比想像中更美好。還沒結束旅程就開始懷念此地，尤娜覺得這樣的自己有點陌生。她緩緩思考著人們期待從旅行中獲得的一切——因日常的缺席而變得輕盈的人生重量、意想不到的諸多變化及可能性。與此同時，身在異國的第一個夜晚降臨了。

晨間的海面平靜無波，四面八方悄然無息。前去享用早餐的時候，沒有任何外在事物妨礙尤娜的心情。波浪聲是如此清涼，陽光也一點都不灼熱螫人。由於時間尚早，有幾個貌似是當地住民的人在整理庭園，他們向尤娜打了聲招呼。

尤娜似乎是第一個來到餐廳的客人，她被帶往視野最佳的座位，並在咖啡和紅茶之中挑選了咖啡，接著又從荷包蛋、歐姆蛋和炒蛋之中選擇了荷包蛋。廚師問，雞蛋要單面煎熟就好，還是兩面都煎熟，而尤娜回答只要單面煎熟即可。

「竟然在苦惱雞蛋是煎熟一面好呢，還是兩面都要煎熟，這種苦惱實在太幸福了，對不對？如果人生都是這類苦惱，那當然是越多越好啊。換作是平時，知道雞蛋怎麼煎，或者是哪邊煎熟要幹麼？只要不燒焦就該慶幸了，您說是不是？」

不知不覺中，作家來到尤娜的對面坐下。很快的，他所選擇的咖啡和雞蛋料理也上桌了。他喝了口咖啡，說：

「聽說這裡的員工有兩百名呢。」

「是嗎？沒想到有這麼多，到底都藏在哪啊？」

「不過這裡的人好像太過樂天派了，做事都漫不經心的。聽導遊說啊，手腳最俐落和不俐落的員工工資差了十倍以上，手腳最俐落的員工呢，可以一人抵十人用。」

「原來如此，想必昨天那位經理應該就是高收入者了。」

「要是換算成我們那邊的錢，聽說經理的薪水超過三百萬韓元呢，考量到這裡的物價，可以說是超級高薪啊！不過，最近好像沒什麼客人，您看這裡不是也只有我們嗎？雖然覺得可以包場很棒，可是卻會擔心像食材之類的，他們是不是累積一堆庫存了。」

他只動了三次叉子，就把半月形的歐姆蛋吃個精光，而園丁還在另一頭的庭園忙著進行造景工作。

「多吃點，今天的行程很滿喔。」

「您去過沙漠嗎？」

「去過幾次。等一下可要好好挑選衣服。去一趟沙漠回來，沙子就會黏在皮膚上，弄得全身上下都是。我們不是會在肉類上灑上鹽巴和胡椒做調味嗎？就是會變成那樣。」

作家一邊說著，一邊清空了兩碟歐姆蛋。他是個無論是吃東西、走路或說話速度都很快的人。就在他們用完餐站起身的時候，女教師帶著孩子走進餐廳，最後大學生則是和導遊一起用餐，此外整個度假村內都沒有見到其他客人。

φ φ φ

沙漠位於島嶼的北方一帶，一行人分成兩台四輪驅動車搭乘，而在環島公路上奔馳的不只有他們，當地的孩子們都一窩蜂地跑出來招手，還有幾個孩子跟在車子後頭跑，甚至有牛群當起了路霸。牛群的身體與遠方的沙漠山脊頗相似，原本還遠在天邊的沙漠，轉眼間就驀然來到了眼前。

雖然墨鏡能有效阻擋迎面而來的風沙，但尤娜為了感受沙漠原本的色調，而摘下了墨鏡。遠處的亮白沙丘與濃綠椰子林的界線猶如雙色國旗般層次分明。隨著蔚藍海洋的登場，雙色旗也搖身一變成了三色旗，並且很快的被劃分為光靠三種也不足以說清的眾多色層。沙漠就像是自行分裂般，創造出無數色彩。這是尤娜頭一回注意到，原來沙漠也存在著彩度和亮度，還有，在描述沙漠時，需要用上數萬種色彩來形容。沙漠的色澤隨著沙子改變，名稱也跟著有所不同，有白沙漠，也有紅沙漠。即便是相同名字的沙漠，色澤也會根據上方雲彩覆蓋的程度，陽光是否灑落在雲端之上而變幻萬千。災難肆虐後的區域何以能夠看來如此平靜祥和呢？尤娜怎麼樣也無法將雙眼從沙漠上頭移開。

「這裡是白沙漠和紅沙漠。自古以來，美奈的卡努族和汶達族就經常為了居住地而鬥爭不斷。一九六三年，卡努族以農耕器具在這片沙漠上頭大肆屠殺汶達族，動機自然是為了報復汶達族奪走其居住地。據說約莫有三百顆汶達族的頭顱四散於沙漠之上，也就是當地人們所說的獵頭事件。屠殺之夜後，開始豪雨不斷，直到三天後的週日清晨，那件事就發生了——部分的白沙漠宛如被人用鑽頭鑿挖似的，出現了一個又一個的圓形坑洞。儘管當時大家都以爲是神明下了詛咒，但現代人都知道那是天坑現象，是在沙漠也可能出現的自然現象。總而言之，散落沙漠的眾多頭顱滾落至天坑內，據說有的坑洞深度達到了一百八十公尺。但即便在這節骨眼上，卡努族依然在村莊四處開始展開第二波屠殺行動。雖然現在這片沙漠極其美麗耀眼，過去卻曾是上演歷史悲劇的場所。」

孩子聽著導遊的說明，雙眼綻放出興奮的光芒。這裡竟然曾經有個裝滿頭顱的大洞！只是，孩子沒機會找到腦海中那個想像的巨洞，因爲水流灌進了天坑，如今已然形成一座壯闊的湖泊。人們稱此地爲人頭湖，但如今取代人頭漂浮在水面上的是雅致的蓮花。明明都親耳聽到導遊說洞口已經被水給塡滿，孩子依然不死心地追問被砍下的人頭都上哪兒去了。黑白照的畫面早已模糊不清，所以孩子看了也無感。其實，除了孩子之外，所有大人也都露出了認真的表情。女教師說，避免讓這樣的歷史重演，不正是我們這趟旅程的目的嗎？聽到這番發言，作家同意地點了點頭。

他們在能欣賞湖泊景色的休息站坐了下來，好讓身上汗水能乾爽一些。有群雙眼如鈴鐺般大的孩子過來兜售物品，賣的都是些手環、笛子和玩偶之類的東西。有的孩子揹著年幼的弟妹出來，有的則是替烈陽底下的遊客撐起大型陽傘。孩子們先是擠進了一群外國人之中，接著又突然受到驚嚇，一溜煙地跑走了。當休息站的老闆凶神惡煞似的看著孩子，原本垂頭洩氣地跑到角落的孩子們，又隨即跑回來並大喊著：

「一美金。」

「那邊那個是什麼？」

尤娜問起遠處的建物，導遊回答那裡是紅沙漠，並說那邊即將建造一座高塔。儘管導遊說，一旦高塔完工，就能站在眺望台上將沙漠和大海的景色盡收眼底，但高塔不可能會有完工的一天。就尤娜所知，那座高塔目前處於停工狀態，據說是廠商中途放棄了。從各方面來看，美奈都處於停滯狀態。

沙漠帶給尤娜的第一印象，讓她產生了想伸手觸摸的衝動，然而即便伸手想去撫觸沙漠的剪影，殘留在手掌上的也只有一把沙。彷彿想要試圖消除這份飢渴似的，尤娜爬上了傾斜的沙丘，而其他同行的人，也跟著在不知不覺中來到身旁。一名身手矯健的奶奶甚至站上了沙丘的頂端。奶奶在尤娜的後頭推下滑沙板，雖然那只是一片像是木片的塑膠板，但當成滑沙板倒是很好用。孩子興高采烈地坐上滑沙板，再從沙丘上一舉滑下，一連玩了好幾次。

「這位是一九六三年獵頭事件的遺族，目前是靠這份兼差維持生計。」

歲月在老奶奶的臉龐上留下深深的皺紋，而她的眼窩又過於凹陷，導致她的表情顯得深沉難測。尤娜想以鏡頭將奶奶的模樣留存下來，但她才剛舉起相機，奶奶便對著她說：「一美金。」可是，等奶奶成爲鏡頭中的模特兒，卻又因為姿勢太過刻意，反而拍不出效果。最後，尤娜只靠著奶奶收工後逐漸走遠的背影撈到了一張好照片。

φ φ φ

孩子蹲坐在小屋前的海灘上，但不久後又一溜煙地跑到幾公尺之外。在孩子原本所在的位置上，長得像火藥般的爆竹如雷電般炸射開來。女教師從遠處急急忙忙跑了過來，一邊打孩子的屁股，一邊把她拉走。女教師質問孩子從哪裡拿到那種危險的東西，結果說是休息站的孩子給的。

尤娜來到孩子原本的位置上看了一下，爆竹已經耗盡生命，尾端燻得烏黑，周圍有無數的螞蟻掉落一地。孩子大概是在螞蟻城的頂端引爆了火藥吧。除了螞蟻之外，其他的海洋昆蟲也在地面上滾動著。尤娜將爆竹扔進垃圾桶後，又在那個地方散步好一會兒，這時孩子拋下媽媽跑了過來。孩子就像重返犯罪現場的犯人般，尋找爆竹原本插著的位置，可是爆竹老早就被拔除了，而波浪也朝著度假村方向邁進，填滿了爆竹炸出的洞口。

「螞蟻們會痛的，也有很多昆蟲受了傷。」

「頭有掉下來嗎？」

尤娜面露尷尬，不知道該如何在孩子天眞爛漫的小臉前作答。孩子似乎也沒打算等待尤娜回答，忙著用雙腳踩扁周圍看得到的螞蟻。

「我還要進行二次屠殺。」

「不行，這樣昆蟲會痛的，大家要和平共處啊，對不對？」

「咦？是搬運受傷同伴的螞蟻，機會來了！」

孩子拾起附近散落的樹枝戳弄蟻群。地面不似柏油路堅硬，而是鬆鬆軟軟的，眼見螞蟻不停鑽進地底躲起來，孩子似乎急得發慌，只見她自言自語地說：「是汶達族螞蟻，殺了牠們！」尤娜不由得心想災難旅遊是否應該設下年齡限制。孩子依然在「屠殺」螞蟻，尤娜想起自己兒時也曾抓過蟋蟀或螽斯，拿著美工刀給牠們開膛破肚。

「可是，爲什麼有這麼多蟲蟲呢？蟲蟲都跑到地上了。」

孩子的話才剛說完，一陣暴雨便傾盆而下，尤娜抓起孩子的手跑進了度假村。

大夥一邊欣賞著淅瀝嘩啦的雨柱，一邊享受起下午茶時光。經理替他們準備了加入煉乳的咖啡。咖啡滴像是在敲擊般，答、答、答地滴落在杯內的冰塊上頭，靜靜端詳的同時，時間也猶如點字般答、答、答地靜止了。

「從孩子滿周歲開始，我就一直把她帶在身邊。雖然很多人說，如果在還是小寶寶的時候去旅行，孩子們都不會記得，但確實可以看到去旅行回來之後，孩子成長得更快了。像是她會試著去吃本來絕對不吃的食物，或是開始使用工具，還會嘗試去做原本一個人辦不到的事情。因爲看得到孩子的成長，所以就算是爲了孩子，碰到放假我都會盡量帶她出門。」

女教師還在說話的當下，瞥見自己的孩子全身濕答答地進門，於是連忙站了起來。她說要去替孩子洗個澡再回來，離開了座位。這次是換作家接著說了下去。作家說自己原本打算去森特勒利亞，但後來改變主意換到了這裡。森特勒利亞是美國一座火勢延燒五十年的村莊，隨著小小的火種點燃了村莊的煤礦，柏油路全數融化殆盡，大部分的居民也遠走他鄉。

「有部電影《沉默之丘》不就是以那個地方為題材？我也對那個地方很好奇，聽說地下煤礦要全部燃燒完畢，需要再花上兩百五十年的時間，所以去那個地方的時間還很充裕。」

聽到尤娜的話後，作家說：「看來您略知一二呢。」並表示自己也是因此把造訪該景點的時候延後。作家興致一來，滔滔不絕地說起自己的旅遊知識，大學生則是聚精會神地使用唯有度假村特定區域才能使用的WiFi。他用手機讀著網路報導，接著說道：

「聽說在日本的海岸發現了籃球。」

「籃球？」

「是指鎮海的海嘯殘骸。有個住在鎮海的孩子用油性筆在籃球上寫了名字，結果有人在日本的某個海岸發現了這顆籃球，大概是飄到了那邊吧。」

「是啊，尋找災難也不必大老遠跑去別的地方，我國如今也不再是海嘯的安全地帶了。」

「聽說南海岸一帶都成了廢墟。」

「不過，我們爲什麼大老遠跑來這裡？」

不知不覺中已經回來的女教師如此問道。

「因爲如果靠得太近就很嚇人啊，要和每天蓋的被子或每天使用的碗盤保持某種距離，才能看得更客觀，不是嗎？」

大家似乎都對尤娜的話很有同感，聊天又持續了好一陣子。就在他們大肆討論有關災難旅遊的龐大知識與感想之際，導遊提醒他們，這裡正是災難旅遊的地點。

「明天有火山之旅，用完早餐之後，早上十點到大廳來就行了。」

去了一趟沙漠回來，大家的心情都有些興奮澎拜，但這也表示這趟旅行的高潮來得太早了。從去完沙漠的隔日開始，接下來的節目在尤娜看來要比沙漠更無聊，這種絲毫不講求起承轉合的行程到底是誰企劃的？尤娜似乎能夠理解爲何此處會被納入結構調整名單。

ɸ ɸ ɸ

「請大家想像一下，前面提及的各種混合物猛烈地衝進地底的過程，這種地質學上的雞尾酒眞的很驚人。來，各位，現在我們已經抵達火山的入口了。大家都知道注意事項吧？絕對不可以走到熔岩的上方。就算表面上看起來很堅硬，但地底下可是咕嚕咕嚕地沸騰著。實際上一九〇三年就有一位美國觀光客因此死亡，還有六個人受傷。火山灰雲會以時速一百公里的速度沿著山脊往下蔓延，內部溫度高達數百度，要是掉了進去，就有可能會活生生地被燙熟，大概五分鐘內就會滲出肉汁。火山岩就跟刮鬍刀一樣鋒利，所以也請不要擅自坐在地面。」

導遊說的話聽起來很空虛。雖然設立在火山入口的警語很努力想要重現恐怖感，此處的氣氛卻不足以擔綱重任。另一頭，當地的孩子們在地面上滾來滾去、開心嬉戲，而火山入口的攤販，則以充滿韓國風情的方式緩解了觀光客的飢餓感。在五花八門的零嘴中，還能見到韓國產的泡麵和微波米飯。因爲觀光客就只有他們這團，所以他們懷抱著一絲責任感進行消費。有的孩子在販售自行雕刻的木頭藝品，有的則是兜售花朵。他們還會發揮做生意的技巧，把紀念明信片插在木頭藝品上頭一起販售。也有些紀念明信片是分開販售的，可是相片中的風景卻不在當地。尤娜看到當地人明目張膽地販售印尼默拉皮火山的照片，再次確認此地行程確實需要調整結構。

導遊就像站在乏善可陳的宴席最前方不得不宣傳這場宴席的人，一副疲乏無力的樣子。導遊從許久之前就繪聲繪影地描述這座火山爆發的瞬間，但她似乎也不是親眼目睹，自己口中所說的奇觀究竟是何種景象。

「還不如不要說，這只是在耍嘴皮子嘛。」

作家也難掩失望的神情。

「可是，如果不先講的話，有誰會知道這裡是火山呢？根本就不知道啊。」

聽到尤娜這麼說，女教師回應：

「不覺得這裡的氣氛很像住家附近的山泉嗎？」

大家站在山泉頂端投擲硬幣，但間歇泉早已冰涼，人們扔出的硬幣只是原封不動地落水，完全沒被燒融或是變形。上山時，他們接受了當地孩子們的幫忙。孩子們很熟練地讓他們分成兩兩一組，騎在馬背上，並讓他們手中各握住一朵花，然後引導他們來到火山頂。馬蹄聲猶如節拍器般輕快地答答作響，大學生失手掉了花朵，而墜落的花朵在空中揚起了相當於其重量的塵埃，接著很快地葬送在其他馬蹄之下。

站在火山口前的人們，把花朵當成捧花拋出的畫面給拍了下來，他們甚至還許了願。捧花在空中畫出一條拋物線，輕輕墜落於火山口內，但對尤娜而言，她只覺得自己把垃圾回收處理得很乾淨俐落，此外倒沒有其他更多的感動，甚至她還暗自期待某處會有火山灰如禮炮般炸開後四處飄散。

女教師帶來了兩本塗鴉本，似乎是期待旅遊的所見所聞能栩栩如生地像浮雕般融入孩子的塗鴉本，可是孩子根本連畫都沒畫，直到她的屁股挨了媽媽幾次打之後，她才肯翻開塗鴉本。只是，在那畫中並未出現孩子的母親所期待的內容。孩子快速地揮毫了五張畫，第一張畫的是在度假村享用的巴西式烤肉，最後一張則是畫了散落於坑洞的眾多頭顱，前者與這趟旅程的宗旨完全不符，後者則是令人感到不快。在孩子的畫作中，被砍下的頭顱個個面露笑容，而且都是令人熟悉的長相，偏偏頭顱還正好是六個。

「媽媽，這是我們啊！」

孩子還多嘴添加了不必要的說明。女教師面露尷尬，擔心這張畫會給一行人造成不快感。儘管孩子在專注畫畫時不會問些有的沒的，大人也能因此輕鬆許多，但如果畫的是這種圖，倒不如讓孩子盡情提問還好一些。無論是在移動的車輛上、在走路的街上，孩子就像尋常孩子般有各種千奇百怪的問題。剛開始孩子的問題有助於活絡氣氛，但現在已經慢慢令人感到煩躁了。孩子就像在玩文字接龍遊戲似的，每件事都要問上一遍，後來從某一刻開始，不僅是孩子的母親，就連導遊也不假思索地隨意回答了。

近期多數的災難旅遊不僅只是體驗災難現場，結合其他要素也成了趨勢。其中有結合觀光與志工活動的商品，也有結合觀光與生存遊戲的商品，甚至有結合觀光與教育，同時教授歷史或自然科學課的商品。教師忍不住不斷嘟囔自己選錯了，早知道應該直接選擇那些商品。

「最近的孩子啊，都以爲只要抓住雪蟹，把牠的腳拔下來，裡面就會有白白的蟹肉呢，而且他們還以爲抓到魚之後，只要對半切了，裡面就已經是烤好的狀態。想讓孩子有實際體驗現場的機會，自然學習課程是最好不過的，但這裡的主題有點模稜兩可。」

「媽媽，那邊那個是什麼？」

孩子一刻也按捺不住，這會兒又發問了。

「媽媽，妳看那邊的黃色卡車，那個是什麼？爲什麼它會跑？」

關於卡車奔馳的理由，孩子的母親也一無所知，但就算知道，她也只會說出同樣的回答。

「媽媽沒有看到耶。」

「媽媽，妳看那邊，卡車停了一下又開始跑了，眞的跑得好快。」

「媽媽沒看到。」

「妳看那個，媽媽，現在有其他的車子過來了。」

「媽媽沒有看到耶。」

爲了避免造成孩子母親的麻煩，車子連忙加快了速度，其他人也不知道是不是眞的在睡覺，全都閉上了眼睛，只有孩子不厭其煩地反覆問：「爲什麼？」「爲什麼？」「爲什麼？」

透過災難旅遊，大家產生的反應大致是以「衝擊↓同情、憐憫或不舒服↓對自己的人生心存感激↓責任感、教訓，或者即便在此情況下，我依然倖存下來的優越感」的順序出現。儘管每個人會被打動到哪個階段是因人而異，但最終能透過這場冒險確認的，是對災難的恐懼，以及自己還活著的確信。換句話說，這能帶來一種利己的撫慰——即便災難近在咫尺，我依然安全無虞。

然而，在這個「沙漠的天坑」商品中，尤娜感受不到任何災難旅遊帶來的效果，如今能夠期待的，就只有預定停留兩天一夜的寄宿體驗而已。這個活動是要體驗一九六三年發生獵頭事件的那個兩天一夜，但在此觀光客必須從兩個選項中擇一。

「你可以選擇是要從汶達族的立場，或是卡努族的立場來體驗，因爲居住地不太一樣，只要按照您的偏好選擇就行了。」

女教師和孩子選擇了汶達族，作家和大學生選擇了卡努族，單純就只是爲了避開那個孩子。作家要尤娜選擇跟他們一起，但聽到那句話之後，尤娜反而選擇了汶達族。他們就這麼分成兩組，搭上了四輪驅動車。汶達族的居住地，正好就在白沙漠旁的河道上頭。

「這裡就是昨天在天坑旁發現骸骨的汶達族的居住地，是採取逐水而居的形式。我們投入部分的觀光收入，以增進汶達族子孫的教育與健康爲宗旨，打造了這個地方。爲了避免給村子的人造成不便或問題，請大家別跑得太遠，小妹妹也不可以跟媽媽分開，跑到別的地方去喔，知道嗎？」

孩子噘起了嘴巴，躲到媽媽的後頭，說了句無中生有的話。

「媽媽，導遊阿姨說要砍掉我的頭。」

因爲要在當地人的家裡過上一夜，所以事前抱著很大的期待，沒想到都只是美夢一場。Belle Époque 度假村提供的涼快空調或鬆軟舒適寢具之類的東西，這裡全都沒有，最重要的是，就連廁所也非常的「親近大自然」。可是，一聽到就連這部分也是特地爲觀光客所打造的，怨言只能硬生生地吞下去。

「電視是靠電池啓動的，因爲這裡沒有電力。看到放在那邊小艇上頭的房子了嗎？當雨季來臨時，人們就會用小艇載運房子搬來這裡。現在也進入雨季啦。」

漂浮在水面上的美容院從窗外經過，去上學的孩子們也過去了。一個乘著大型橡膠盆在水上穿梭的孩子，與尤娜一行人四目相交，便舉起手比了個ＹＡ。

「哎呀，姊姊好漂亮。」

幾個孩子甚至靠了過來，替他們拍打、拂去椅子上的灰塵。有這些孩子看顧，這裡的灰塵壓根連入座的空隙都沒有。

「這些孩子們究竟會說幾國語言啊？」

聽到尤娜的話後，女教師興起惻隱之心，望著孩子們回答：

「這些孩子們會說的，大概就是各國最優美動人的話了，不就是任何人都喜歡聽的話嗎？像是好漂亮、很可愛、好帥之類的。」

一個孩子看到與自己同齡的韓國小孩，便靠過來悄聲說：「好漂亮」。這句話是指著孩子的眉毛說的，女教師的女兒卻露出了受到些許驚嚇的表情，就好像她才剛透過這句話認識什麼是眉毛。

向來都是活潑可愛的孩子引人注目，但在這裡最受關注的孩子卻顯得晦澀陰沉。孩子的眼眸如湖水般盈滿了水，而這個始終有淚珠在眼眶中打轉的孩子，無論是和尤娜，抑或是和教師對上眼神時，都一律反問：「媽媽？」汶達族的女人很不捨地摟抱住孩子，說：

「這孩子的媽媽不久前死了，孩子還被蒙在鼓裡。」

汶達族的女人說，孩子的外婆在發生天坑現象時是名大腹便便的產婦，好不容易才存活下來，而孩子的媽媽則是不久前才剛因爲遺傳疾病離世。這一切都是因那個大坑洞而起，尤娜一行人聽了不由得籠罩在恐懼之中。見到女教師伸出手，孩子便喊了聲「媽媽？」並有氣無力地抱住了她。女教師的孩子不知是否覺得這幅情景很怪異，兀自走向了躺在遠處的一隻狗兒。

那是一隻年邁的老狗，泰半時間都把肚子貼在地上趴伏著，即便有個藍色吊床就掛在老狗的正上方，時而觸碰到牠的背部；即便女教師的孩子爬到那上頭搖晃了幾次，狗兒也依舊不動聲色。儘管這條狗的年紀沒大到經歷一九六三年的災難，但牠卻彷彿從那年之後就一直呈現靜止狀態。即便相機都已經湊到面前，牠的臉上也全無表情變化。

帶領他們的汶達族女人叫做「南」。從釣魚介紹到料理，還講到準備餐點享用的事，南負責帶領了半天的活動，接著到了晚上，她便拿著美甲工具來到尤娜的面前。南的英語十分流利。

「自古以來，汶達族女人的手就很巧，我們很擅長做這種事。」

她是個表情豐富，令人印象深刻的女人。就這樣，很習慣端詳陌生人手腳的人，與不習慣把手腳伸出來給陌生人看的人，兩人就這麼面對面地坐著。手指與腳趾指甲逐一染上粉嫩色彩的同時，外頭的西沉太陽依然轉動著，在室內的電風扇也不停地轉啊轉。

夜晚來臨了，尤娜拿起相機，將水上人家的每一隅都收藏在鏡頭內。從濕濡的寢具、彷彿吊死鬼般吐出舌頭的一長串燈泡，乃至於生鏽的屋頂，以及從一開始就打定主意不打算讓人關上的房門。或許是因爲寢具帶給人的濕濡感，尤娜沒辦法直接躺平在床上，有好一段時間都只坐著。最令人煎熬的莫過於廁所，尤娜沒想到自己得在這幽暗潮濕的臨時衛生間脫下褲子，露出自己的雙臀，也沒想到過去三天的便祕偏偏會選在此地解放。

災難也落到了女教師的頭上。孩子把玩具給忘在度假村了，本來以爲只有兩天一夜而已，應該沒什麼大礙，卻澈底失算了。孩子雖然沒有吵著要玩具，但女教師卻招架不住，因爲孩子需要符合她那個年紀的玩具。導遊雖然給了孩子上頭畫有小企鵝波露露的原子筆，但對五歲的孩子來說，波露露早已成了過時之物。如果是泰路可愛小巴士或波力救援小英雄，說不定還能發揮作用，但眼下什麼都沒有，所以孩子開始精神渙散，難以集中注意力。直到用完晚餐，回到各自的房間之後，狀況更是變本加厲。孩子在水上屋內尋找遙控器，爲的是想讓附著在某處的窗戶眼皮降下。爲了安撫蹦蹦跳跳的孩子，累得像條狗似的女教師很快就睡得不省人事。不久後，孩子找遙控器也找累了，便在媽媽身旁呼呼大睡起來。分不清是電視音效還是在作夢，總之睡夢中聽見了幾次慘叫聲，卻沒有半個人走到房門外去一探究竟。

φ φ φ

翌日早晨，才剛破曉，尤娜一行人就得開始收拾行囊，而徹夜摟著他們入眠的水上屋早已是滿目瘡痍。如同一九六三年的那天晚上，汶達族的族長在夜裡身亡，而他的頭顱就懸掛在他們的門前。沙漠處處都是沾滿鮮血的農耕器具，被砍下的人頭也在地面上滾動。汶達族的女人蓬頭垢面，穿著一身凌亂的衣著走了過來，告訴他們必須趕緊避難。尤娜邁出了步伐，同時還得閃避地面上猶如尖石灑了滿地的頭顱。教師和孩子也邁開了步伐，在他們後頭還有好幾人，大部分都是負責替叢林的旅客一行人搬運行李的孩子，年紀看上去還不到十歲。隨著太陽逐漸高掛天空，沙漠也燒得無比炙熱，即便腳上踩著厚底涼鞋，尤娜的腳底板仍如踩在烤盤上滾燙不已。

現在，他們站在白沙漠的最頂端，目睹下方上演的戲碼。汶達族被手持武器的卡努族刺殺、推開、絆倒。當然，這並不是一場局勢一面倒的打鬥，因爲在某一刻，他們所有人全都嘩啦啦掉進了沙坑。在音效、道具與燈光的作用下，導致沙坑看上去十分駭人，但實際上看起來並沒有那麼危險。不過隨著人群摔得四腳朝天，所有舞台都畫下了句點，放眼望去凌亂不堪，而在另一頭，可以看見作家和大學生與卡努族的女人並列站著。

分別在不同住所度過的一行人齊聚一堂後，他們才知道無論是選擇卡努族或汶達族，住所、餐飲或行程都如出一轍。他們分別在水上屋內與幾個汶達族或卡努族的人寒暄，享用簡單的茶點，觀賞傳統表演，接著在相同結構的房間內入睡。按摩、美甲與釣魚等準備的節目也都一模一樣。另外還有個共同之處，就是所有人全身上下有一半肌膚都慘遭蚊子的毒吻襲擊。

儘管大夥兒都巴不得能盡快回到度假村，可是行程卻因爲尤娜而延遲了。尤娜房內的玻璃窗破了一角，卻不知道它本來就是這樣，還是夜裡發生了什麼事，抑或是早餐時間才變成這樣。多虧了這扇破裂的玻璃窗，房內多了許多異國風情的飛蟲，卻少了尤娜的相機。作家仔細查看玻璃窗，並說感覺像是有人用刀子巧妙地割出了洞。導遊雖然露出了尷尬的表情，但仍很老練地處理事情。她先開始逐一檢查其他水上屋，包括他們昨夜下榻的房間，旁邊一整排的房子也都翻遍了。扣除同行者的物品，總共發現了三台相機。

「這裡面大概有尤娜的相機吧。」

但還沒親眼看見這些相機，第四台相機就率先出現了。第四台相機正是尤娜的所有物，拿著它出來的人是女教師的女兒。孩子像是在打小報告似的說：

「是阿姨早上要我拿著的耶。」

尤娜的臉頓時紅得像顆蘋果，這才想起確實有這麼一回事。一發現尤娜的相機，在三台相機中，恰好擁有其中一台的汶達族孩子隨即放聲大哭。他正是那個乘坐大型橡膠盆漂浮在水面上，舉起手比YA的孩子。尤娜滿臉通紅地低下了頭。

「對不起，因為我的一時疏忽，引起這麼大的騷動，眞恨不得找個洞鑽進去。」

尤娜說的是韓語，所以哭泣的孩子完全聽不懂她在說什麼，但對尤娜來說，重要的是同行的人是不是聽懂了她說的話。尤娜從背包中取出糖果袋，把整包都給了哭個不停的孩子，接著就逃也似的搭上了車。

女教師打破了車內瀰漫的沉默。「在那種地方，怎麼那麼多孩子擁有相機？」結果這句話似乎惹到了大學生。從早上發生相機騷動時，他就一直沒有給過好臉色。

大學生說，「就非得要那樣挨家挨戶地搜索，搞得大家緊張兮兮嗎？這已經偏離這趟旅行的宗旨了吧？我是說，自己的物品不是應該自行保管好嗎？」

尤娜只是閉著眼睛，沒有任何表示。她確實感到很抱歉，倘若遺失的不是相機，她也不會說出自己弄丟物品的事實。在尤娜坐視不理的期間，大學生開始找起導遊的碴，大學生說起有關公平旅行的宗旨，最後導遊回答，這趟旅遊並不限於公平旅行這個框架。最後，是尤娜說了一句「都是我一時不察，對不起」來勸阻兩人，這場口舌之爭才畫下了句點，但大學生已經被導遊的話惹得滿腹不爽，於是在話尾爆了粗口。

「媽媽，羚羊是什麼？」

孩子停下畫畫的動作，好奇地問自己的媽媽。

「妳不用知道。」

「媽媽、媽媽，羚羊是什麼嘛？」

「妳明明就知道啊。不知道嗎？是真的不懂才問的嗎？」

女教師越講越小聲，但孩子似乎覺得媽媽說話的語氣很好玩，故意拉開嗓門響亮地回答：

「嗯，我知道！那是髒話！」

作家刻意提起向攤販購買汶達族骷髏裝飾的事，但沒半個人有興趣，導遊只顧著瀏覽行程表，大家都閉上嘴不發一言。

「媽媽，我想吃蛋包飯。」

完全在狀況外的孩子就這麼結束了這場鬧劇。車子停在某家餐廳前面，午餐很快就準備就緒，端上的菜色包括特別烹調的蛋包飯在內。大學生像是消化不良似的，握拳輕輕敲打自己的胸口。尤娜的前臂冒出了幾個小時前所沒有的蕁麻疹，但似乎並不只是因爲水土不服。

在美奈，唯一不受水荒之苦的地方就只有度假村。透過昨晚的經驗，他們得知度假村投宿的客人一晚的用水量，要比這一帶水上人家的用水量加起來還多。用完午餐後，他們花了四小時的時間投入挖井作業。先前來訪的遊客已經將這口井的作業完成到某種程度，之後再以接力賽的方式讓遊客延續下去。無話可說的一行人無比專注地挖井，接著四小時後，就像是獲得報酬般，他們得以享受水從地面流出的喜悅。這不僅是四小時的勞動，也是從今早就延續到此時的情緒勞動的獎勵。

回到度假村之前，他們靠著泡溫泉褪去一身的疲勞。儘管無法判斷水質好不好，但有人大聲嚷嚷說，既然是在火山附近，這水就一定具有某種機能。兩小時後，他們得到的是確實變得柔滑一些的皮膚，還有如同紀念章般蓋在額頭上的諸多蚊子吻痕。

φ φ φ

一陣狂風飆過，大地轉眼間變得口乾舌燥。在「美奈市集」的指示牌底下擺了幾個帳篷和攤販，他們適當地買些紀念品之後，走進了附近站著喝酒的小酒吧。雖然牆面簡陋，但店內當地人熙熙攘攘，好不熱鬧。這家小酒吧沒有另外準備菜單，也不知道究竟是在賣什麼的。導遊點了各種食物和酒類，而替人編雷鬼辮、紋身的人坐在巷尾。一堆巨大的氣球不知從哪兒冒了出來，準備好要衝向夜空的許多氣球活像一束花似的。導遊買來了兩個氣球，一個給尤娜，另一個給了教師的小女兒。作家不知道從哪兒帶來了一顆火龍果，把它對半切了，用湯匙把果肉刮下來，接著把燒酒 Nep Moi 倒進了留下的內裡呈粉色的外皮之中。

「來，這是火龍果酒，乾杯吧！旅行越是不順利，情緒就越敏感嘛，是不是？來，大家喝完之後，稍微紓解一下吧。」

孩子假裝伸出舌頭舔火龍果酒，並做出喝醉的樣子，結果有幾個人頓時不知所措，有幾個人則是笑開了。在不知不覺中，大學生的表情也緩和了許多。雖然大家來到災區旅行，但並不想承認自己在旅途中又留下了其他災難。尤娜也是如此。爲了忘掉那個汶達族孩子在內心造成的疙瘩，她乾脆把當天的行程直接從腦袋中抹去了，而酒精在此助了她一臂之力。另一個方法也不錯，就是試著反覆告訴自己，他們只是遊客——一種說簡便也很簡便的身分。

「哇，這裡乍看之下就好像考山路或譚德街耶，我是指曼谷和胡志明知名的觀光街。曼谷是個容不下寂寞的城市，該怎麼說它呢？是屬於世故露骨的旅人的城市？但另一方面，胡志明則是稍微土氣些，卻粗糙得恰到好處。美奈這裡呢，嗯，該怎麼說呢？怎麼說呢？」

作家沒有對美奈下任何定義，就逕自把話題跳到別的區域去了。尤娜的內心感到很不舒服，她暗自思索著作家的那句「該怎麼說呢？怎麼說呢？」後頭接的會是什麼。

醉意越來越濃了，尤娜望著另一頭的門口——那個通往大海，又或者是從大海通往這裡的入口，並沒有一扇眞的能稱作是門的東西（又或者因爲整個敞開了，所以才看不見門）——只掛了一句總結整個空間主題的話語。根據導遊的說法，那句話是「喝了就會幸福」的意思。

在巷子內，一群當地青年打開了樂譜架，開始演奏。現在巷子內除了尤娜一行人，沒其他人了。在這條所有東西全都混雜在一起振盪的街上，小提琴、吉他與鼓創造出美妙的旋律。對尤娜來說，這群青年爲眼前有聽眾欣賞而開懷的表情，爲在這條街上演奏而無比享受的表情，還有雖然不時竊笑，不時又突然變得很真摯的態度，都相當魅惑迷人。就連平時總是很漫不經心的孩子，也在這一刻成了聚精會神的聽眾。

演奏結束後，女教師走到前方問了一句：

「樂團名稱叫什麼？」

「Thank you, teacher.」

雖然不確定那是樂團名稱，還是對教師說的話，但總之這個廢墟中的助興節目令人耳目一新。「Thank you, teacher」演奏幾首曲子之後，一位老人拖著身子來到大家前面演奏手風琴，他的雙腿如人魚般捲到了後頭，而帽子則是倒放在膝蓋前方，用以乞討。尤娜對於手風琴利用創造空間來發出樂音的構造感到興致盎然。根據導遊的說明，發生獵頭事件那時，老人是屬於年紀最輕的一群，而現今，他是記得此事的人之中最年長的一輩，但在這漫長的歲月中，他的身體都沒有恢復。失去雙腿的老人的演奏引起了深深共鳴，也讓這六個人再次想起造訪此處的理由。尤娜沒法將相機湊到老人的面前，只能站在原地，聆聽他的手風琴藉由舒張、收縮所創造出來的旋律。

某個看似美奈人的人說要替尤娜一行人拍照留影，尤娜的相機內因此留存了這些叢林旅客在最後一個行程的照片。尤娜按下相機的播放鍵，確認剛才拍下的照片。相機內的照片總共有六百多張，尤娜瀏覽著一張又一張，接著冷不防地撞見汶達族的孩子們乘坐大型橡膠盆的照片，隨即慌慌張張地按下了刪除鍵。

3

一分爲二的火車

靠著酒精獲得幸福感的隔天，尤娜睡到很晚才起床，這是她來旅行之後第一次沒吃度假村的早餐。大家說好早上十點要在大廳集合，而現在已經九點四十分了。尤娜的胃一直有股噁心感，盥洗時，雖然她忘記了內容是什麼，但昨晚夢境的不祥感如餘韻般縈繞不去。或許是做了回首爾的夢吧。這已經是第六個早晨，今天的行程就只有花一整天踏上歸途而已。就像來的時候，又得轉好幾次交通工具才能抵達首爾。當飛機將今日所有的陽光澈底吞噬之後，晚間就會照預定時刻輕輕地在仁川機場著地。

尤娜在九點五十分打電話給飯店前台，請對方開台行李車過來。五分鐘後，身穿寬鬆制服的員工開著車子來了。體格乾瘦卻很結實的他將尤娜的行李箱和小背包放上車，就像第一天來到這裡時那樣。下榻期間，只要尤娜在小屋呼叫客房服務，來的人總是他。直到要離開的這一刻，尤娜才仔細看了他的名牌。在他的胸口上，寫著「路克（Luck）」的名牌閃閃發亮。

「玩得開心嗎？」路克問她。

「開心，在這裡有很多收穫呢。」

「祝您歸途平安。」

尤娜的皮夾內就只有幾張百元美鈔。好不容易才發現一張兩元美鈔，但這錢當初並不是打算拿來花用的，而是很久以前某人送她的「幸運的兩美金」。最後，尤娜把它取了出來。

「路克，這是幸運的兩美金，據說帶在身上會有好運降臨。」

路克看著紙鈔露出了笑容。

φ φ φ

他們離開了美奈，回程的路線和來的時候有些許不同，他們搭乘的不是巴士而是火車。火車的目的地是胡志明機場，相較於搭巴士，這個路線只縮短微乎其微的時間。其他人均將身體靠在椅背上補眠或不發一語，距離抵達時間還有兩小時，但尤娜的胃實在太不舒服了，怎麼樣也無法入睡。問題肯定出在昨晚喝了太多酒。尤娜感到噁心作嘔，整個胃都在翻攪。她雖然去了位於走道盡頭的洗手間，但有人占用了超過二十分鐘還不出來，要是敲敲門，能清楚聽見有人回敲門板的聲音。最後，尤娜決定多走幾節車廂。她一手按著肚子，另一手則按壓著椅背的頭部往前走。

因爲不是每個車廂都設置洗手間，尤娜走了好一段路才找到無人使用的洗手間。曾幾何時，馬桶竟變得如此惹人憐愛。尤娜幾乎像是摟抱馬桶似的一屁股坐了下來。尤娜待在洗手間裡大約有半小時，而就在這半小時，一切都改變了。尤娜朝著來的方向往回走，儘管火車依然像之前一樣左右搖晃，但總覺得好像哪裡不一樣了。火車似乎比尤娜走來的距離要短多了。

原來的火車就像渦蟲分裂似的，在半小時內被分成了兩節。尤娜能看到的車廂號碼只到五號，洗手間在二號車廂，但尤娜原本的座位是在七號車廂。這時她打開五號車廂尾端的門，就只看到空蕩蕩的鐵道一路尾隨。

尤娜的座位，大概是在被切斷的火車車廂的某處吧。尤娜想起之前聽過導遊說明，火車可能會分成兩條路線行駛，但問題是現在尤娜人在這一段，而她的行李與同行者都在另一段。這段與那段已經是斷開的了。原來的快車會將後半端砍掉之後，突然轉成慢車。尤娜必須知道這輛火車是往哪個方向，可是卻無從得知。一名站務員走了過來，要求尤娜出示車票，但看到車票之後，站務員搖了搖頭。

「那我沒辦法重新上車嗎？我得去機場啊！我的行李還有同行的人都在那輛火車上，我該怎麼做？」

尤娜用韓語說了一遍，用英語說了兩遍，但站務員完全聽不懂她在說什麼。不過，站務員還是看出眼下發生了什麼狀況，於是用自己國家的語言認眞說明：

「妳原本搭乘的火車在兩站之前開往別的路線了。那是快車，所以沒辦法從這裡過去，而且今天已經沒有別的車了。如果妳想去機場，就得打聽其他交通方式，這裡現在沒有座位。」

尤娜雖然聽不懂站務員說的話，但幸虧她從對方的肢體語言與當下氣氛得知了幾件事——妳的座位不在這裡，所以現在就得下車。

緩慢行駛的火車還很好心腸地隨即就抵達下一站。車門開啓了，在該站下車的就只有尤娜一個人。

φ　φ　φ

不幸中的萬幸，是她還隨身攜帶著自己的手提包。尤娜拿出手機，撥了導遊的電話號碼。與尤娜取得聯繫之後，導遊立即開砲：

「您現在人是在哪裡啊！」

這個句子本身並沒有問題，但語調卻極具攻擊性，即便在這十萬火急的情況下，尤娜也對接下來要說的話猶豫不決。

「我去了一趟洗手間，結果火車……」

「高尤娜小姐，我第一天就說過了吧？行駛時，火車經常會有在中途分道前進的情況，因此只能使用那個車廂內的洗手間。我不是說過了嗎？您知道我們現在找您找得有多急嗎？您知道飛機的時間吧？請您無論如何現在都要趕到機場來。不過，您現在在哪裡？」

「我不知道該怎麼唸，好像是當地的語言，但我唸不出來。」

「就攔一台計程車吧，隨便攔一台之後，跟他說要去機場。如果語言不通的話，我們不是有旅行手冊嗎？就是叢林旅遊發給大家的那一份，那背面就有地圖，您就在地圖上指著機場給他看。有聽到我說話嗎？」

尤娜對於自己先前小看露而深感抱歉。她是個有能力的導遊，還有，此時尤娜則是個無能的旅客。因爲她把手冊放在行李箱，而行李箱在七號車廂的十二號座位上。

「貼著那張地圖的書，放在行李箱，關於行李箱，您應該更清楚在哪裡才是，眞是對不起。」

「那趕快試著攔一台計程車，我會跟司機說明的，上車後把電話轉給我。」

尤娜握著手機，試著想招一台計程車，但發現電話已經掛斷之後，就將手機塞進了提包。她原本打算拿出皮夾，卻不見它的蹤影。皮夾明明就和護照一起放在小化妝包內，但它卻人間蒸發了。這些物品像是老早就在等待尤娜開始尋找似的，一個個消失不見了。此時尤娜的腦中就像有個看著自己媽媽依序整理好物品，之後又按照相同順序打亂物品的孩子闖了進來，只要尤娜想到什麼，那件事就會變得亂七八糟。會不會是早上落在飯店了？那麼，說不定導遊會打電話過來？搭上離開美奈的巴士時，導遊確認了護照，而當時尤娜的護照也分明還在的，所以全員才能搭上巴士。那麼，護照會不會是在導遊的手中？尤娜拿出手機，再次打電話給導遊。從剛才她就對電池只剩下一格感到惶惶不安，結果就在撥出電話的那一刻，聲音開始響了起來——手機快沒電的警告聲。

「我的護照在您的手中嗎？」

另一頭傳來的就只有重重的嘆息聲。

「尤娜，錢呢？妳有錢嗎？」

「我也沒有皮夾，雖然有事先把一些錢另外拿出來，但沒有多少，該怎麼辦呢？這裡說英語好像也不太通。」

「我們現在得先辦理登機手續，我會先跟經理聯繫。如果沒有護照，就算來了機場，現在也束手無策。我們之後再碰頭吧，所以說，妳……」

尤娜拿著一切噪音瞬間斷掉的手機，無力地癱坐在地上。又不是沒旅行過，也不是不曾碰上扒手，還碰過把東西放在飯店忘記帶走的情形，可是此時這個狀況卻令人如此陌生與恐懼。大概是因為語言不通的緣故吧，尤娜無法讀出地名，也無法從別人口中聽到地名的發音，而她說的話又沒人聽得懂。她看到遠處有一台行經景福宮前往麻浦的巴士，就是導遊先前說她看過的路線，可是除此之外，就別無其他了。

尤娜的腦海中浮現了告知自己死期的那個網站畫面。就算上頭寫的數字再多，終有一天時間也會走到盡頭。此時，尤娜覺得自己縮短了約一小時的壽命。

φ　φ　φ

尤娜再度打開手機電源時，勉強看到了一則訊息進來。她趕緊按下訊息按鈕，確認裡面的內容。

「請向保羅問路。」

一讀完這句話，手機就斷氣了，似乎眞的耗光了電力。尤娜試著想找到站務員，可是周圍就只有路過的人，見不到任何窗口服務人員。尤娜也沒辦法期待這裡會有旅遊諮詢服務台，因爲這裡只是不得不經過的一個站。就算她緊抓著行人不放，試著想跟對方說話，英語也不可能會通。因爲沒有售票口，所以也不能傻傻地一直站在月台上。尤娜突然體認到，自己不曾前往語言不通的地區旅行，之前去過的地方，都是簡單的觀光英語能派上用場的地區。就算是陌生的語言，在車站或巴士的對話也三句不離行程，頂多就是買張來回票、單程票或一張票之類的，但像現在這樣來到一句話也不通的地方還是頭一遭。尤娜很後悔自己沒有學點越南語，也後悔把寫著簡單越南語會話的旅遊書放進了行李箱。她會的幾句越南語都只有碰上好事的時候才派得上用場，碰到緊急關頭，就與毫無用處的空頭支票無異。

幸好還有人至少聽得懂「Hotel」這個單字。尤娜繞過幾個街口，走進一個巷弄，眼前是完全沒寫出「Hotel」字樣，可是分明是飯店的建築物成排矗立。明明才過了幾小時，卻彷彿已經熬了好幾天。尤娜站在巷弄前仰望天空，卻看不到太陽在哪裡，而胃有些隱隱作噁。她依序挨家挨戶地探頭張望，直到打開第七扇門，走了進去之後，才總算碰見了會說英語的員工。

「您認識叫做保羅的人嗎？」

飯店的員工卻只是把嘴巴捲成圓形，連續反問了好幾次：「保樓烏？」

他問保羅是誰，可惜尤娜也不知道，不過，她想起導遊說會事先與經理聯繫，而就在尤娜提及保羅應該是能幫助她前往美奈的人之後，飯店員工又反問了一句：「美奈？」並問她是不是要去美奈。

「對，美奈，我必須去那裡的 Belle Époque 飯店，但導遊要我去問保羅。不然，我可以借用一下電話嗎？只要打一通電話就好。」

儘管心想同伴的航班可能已經從胡志明機場起飛了，尤娜還是想再確認一下。飯店員工把電話借給了尤娜，但導遊的手機卻已是關機狀態，搞不好已經搭上了返回韓國的航班。員工看著尤娜說：

「我不認識保羅，但我知道怎麼去美奈。如果想去美奈，就必須去港口。不是在這個火車站，而是在這裡搭火車，接著再到其他車站。不過，距離末班船可能剩沒多少時間了。」

最後，親切的員工送尤娜到碼頭。也不知道飯店前台沒人看顧是否無所謂，但這人就像個萬事通般趕著帶頭走，尤娜只好緊緊地抓住他的背部，搭上了摩托車，同時忍不住心想，幸好自己沒帶著行李箱。摩托車竄入數量可觀的摩托車群中，置身於眾多噪音與塵埃之中，尤娜不由得用手摀住了耳朵與口鼻。飯店員工也不管尤娜有沒有在聽，便自顧自地看著其他人搭乘摩托車的姿勢，判斷他們是男女朋友、是夫妻或朋友。

「我想了一下，我們現在是什麼姿勢，而妳就像……」

彷彿通過長長的隧道似的，穿越一陣嘈雜聲後，員工再次說道：

「妳就像行李一樣坐在摩托車上呢，也就是說，不像個人，而是像行李。」

雖然不知道情侶、夫妻、朋友的姿勢與行李之間有什麼差異，但尤娜只是拉開嗓門回答：「好像是這樣。」接著，尤娜提振起精神，避免自己陷入驚慌失措。雖然這人看似值得信賴，但就算他不可靠，眼下也沒有其他選擇的餘地。尤娜盡可能避免與他的身體緊密貼著，同時竭力保持冷靜沉著，但很快的，無比茫然的心情便如煤煙般如影隨形，怎樣都揮不去。摩托車騎行好一段時間，才抵達港口的那條路，尤娜這時也才覺得景色眼熟起來。原來這裡是藩切市，旅行第一天購買牙刷與咖啡等東西的大型超市就在不遠處。飯店員工就像村子裡很少見到觀光客的村民般，對尤娜充滿了好奇心，也覺得自己有責任照顧這個人。多虧於此，尤娜才能趕在末班船啓程前來到港口，輕鬆地買到船票，也在那個地方遇見了保羅。

保羅並不是人名，而是船舶公司的名稱。也就是說，越南的這個海港都市中前往美奈的船隻全都爲保羅所有。尤娜頓時渾身沒力，也不知道是覺得虛脫，又或者是一下子放寬心所造成的。

忽然間一陣狂亂的颱風襲來，成千上萬的雨滴啪噠啪噠地打在甲板上。明明六天五夜之前也曾搭乘過一次，但也許因爲這回只有隻身一人，所以一切顯得陌生不已。乘客並不多，僅有寥寥數人坐在陰暗潮濕的角落，目不轉睛地盯著尤娜。

φ　φ　φ

抵達美奈時是晚間快九點的事了，但碼頭卻不見任何人出來。幸好船舶公司的員工聽到尤娜說出「Belle Époque」這個詞之後，就替她和度假村聯繫了。很快的，有輛車來到了港口，因為上頭畫有Belle Époque的標誌，因此尤娜放下了心。儘管這表示她與韓國的距離更加遙遠了，但在這人生地不熟的異國，也就只有逗留數日的度假村勉強算是熟悉的地方。

只是，度假村卻對尤娜的處境毫不知情。

「沒有接到消息嗎？」

尤娜詢問度假村的經理有沒有收到導遊的聯繫，對方卻露出了訝異的表情。他四處翻找文件，接著又打電話到某處後，說了聲「ＯＫ」就掛斷了電話。

「導遊和旅行社都不接電話呢。也是，畢竟已經過了營業時間。」

「導遊應該在飛機上。」

「可以先把您的護照給我嗎？我可以讓您再多住一天先前的小屋，旅行社就等明天再聯絡吧。」

尤娜稍微苦惱了一下，不知道該不該說出自己身上沒有皮夾的事。雖然明天就會和旅行社聯絡，但退房之前說不定必須支付住宿費。可是，假如明天沒能聯繫上呢？明天是星期天，而在此刻這個時間點，韓國已經進入星期天了，假如到明天依然無法靠緊急電話聯繫上呢？

「我的護照和皮夾都被偷了，在火車上，所以導遊才會叫我來這裡。我以為都已經談妥了。」

「但假如您沒有護照，我們很難替您處理。」

經理以不失和善的微笑說道。

「我應該跟誰聯絡呢？這裡也沒有韓國大使館。」

「那麼今天先在小屋休息吧。夜已經深了，而您只需要一個睡覺的地方。我們會讓您在此過夜，無論是旅行社或是大使館，都等明天再聯繫吧。就算是週末也會有緊急電話吧？但，您只能在室內休息，別在外頭走動，畢竟這個決定違反了我們的方針……」

尤娜搭著行李車回到了昨天的小屋，小屋門前的眼皮是往上拉的。尤娜進門之後，眼皮再次降了下來。內部陳設雖然和昨日相同，可是卻絲毫沒有半點舒適感，尤娜勉強倚坐在雙人加大床的邊上。

過往旅途中尤娜最鍾愛的一天，往往是出乎意料的那一天。原本計劃表上沒有安排的一天，行程中沒有規劃的一天，或者是比預定行程多停留的一天，又或者有一天的行程大改之類的。有時，如果在旅行地獲得一天驚喜假期，那麼旅程結束後，腦海就只記得那一天。在地球運轉二十四小時的律動中，那樣的一天既不會渺小到不留痕跡，但也不會龐大到撼動日常生活。然而，要把今天一整天稱為意想不到的休息日，又不免來得過於粗暴。特別是在這節骨眼上感到飢餓的事實令尤娜格外尷尬，但另一方面，她又擔心這股飢餓感會刺激恐懼感，使其更為張牙舞爪。尤娜看見桌面上擱著迎賓水果籃，還有一旁放著燕麥棒與巧克力之類的點心，心裡忍不住想，難道是飯店知道今晚有誰會過來，所以才事先補滿的嗎？倘若不是出於偶然，難道會是爲了尤娜，而在短短時間內快速準備好迎賓水果？爲了要不要從那些免費點心拿一個來吃，尤娜苦惱了許久，最後撕開了混合多種穀物後壓得結實的燕麥棒包裝。她將燕麥棒放入口中，一股腦地使勁咀嚼。雖然沒有立刻產生飽足感，但尤娜對於自己還有東西能咀嚼心懷感激，彷彿唯有這個咀嚼的行爲才能證明一切還實際存在。只是，無法抗拒的睏意排山倒海襲來了，最後就連咀嚼行爲也逐漸鈍化。儘管尤娜希望能在某一刻不小心用力咬痛自己的臉頰內側，但奇怪的是，現實卻是怎麼嚼都嚼不動。

φ　φ　φ

早上一睜開雙眼，天花板上的大型吊扇便映入了眼簾。尤娜曾經爲了拍攝照片，躺在 Leeum 三星美術館名爲「母親」的雕塑像下方，而如今，尤娜感覺自己彷彿又躺在那個巨型蜘蛛雕塑的底下。只是，這次並不是爲了拍照，而是要被吞食了。尤娜猛然從床上起身。

手機已成了無用之物，沒電的手機就與此時自己的處境如出一轍。尤娜步行來到大廳，卻沒有勇氣走進餐廳。搭乘行李車前往時，只覺得距離非常短，可是等到實際步行，才發現距離還滿遠的。還有，兩種方式的動線本身就不太一樣，今天似乎沒在進行造景工作，走進大廳之前也不見半個人影。整座度假村彷彿靜止了。尤娜甚至心想，或許此情此景也是旅遊企劃的一部分，可是經理以斬釘截鐵的幾句話整理了眼下的情況。

「高尤娜小姐，旅行社沒有來電，我們打過去也打不通，您打算怎麼做呢？」

尤娜試著按下公司的緊急電話號碼，可是鈴聲還沒響上三聲，電話就掛斷了。過去，旅行社從來沒有員工去出差卻碰上這種危機，這樣的事件不會被當成意外狀況，而會歸咎於個人疏失。在導遊回去解決狀況之前，只能耐著性子盡量等待。而且，以客戶的身分等待救援，對尤娜來說要安全多了。

尤娜從手提包中取出相機。

「我把這個放在這裡做抵押，能不能讓我在這裡多待一天？因爲今天是星期天，只要再一晚就好。」

經理稍作思考，接著收下相機，並表示會再多給尤娜一天的方便。

「您應該沒用餐吧？我會替您準備簡單的早餐，因爲今天餐廳休息。」

之後，尤娜享用了經理準備的鬆餅。結果，情況又演變成這樣了啊。安心感與疲勞同時襲來，尤娜整個人懶洋洋地癱在沙發上。她拿著遙控器，就像六歲的孩子似的按來按去，並反覆把小屋前眼皮形狀的指示燈開開關關。然後，她走向正前方的海灘，結果發現其中有個通往度假村外頭的缺口。尤娜原本打算在那個地方掉頭，再朝來時的方向漫步回到小屋，但一看到不遠處的屋頂和牆壁，身體便不由自主地往那兒走去。電線杆與電線杆之間、屋頂與牆面之間有粗實的電線連接著。電線猶如五線譜，上頭有數隻鳥兒如音符般輕輕入列，而電線的尾端則如高音譜號捲成圓弧狀。之前明明也應該是看過的，但幾天前這樣的風景卻無暇映入眼簾，直到此時，生活的痕跡才開始進入尤娜的視野，而這般陌生的模樣反倒更能勾起親近感。

走了好一段路，尤娜發現了「美奈市集」的指示牌，可是現場就只有指示牌，全然看不到那天晚上的帳篷或攤販。尤娜經過美奈市集的指示牌，又多走了一大段路，很快的，路上風景再次陌生起來。

星期日的巷弄還在睡夢中，而正當尤娜置身於傾頹殘破的牆面與碎裂的窗戶之間，久久凝視著某棟屋子的同時，某人也從碎裂的窗戶內側往外看。一察覺到那道視線，它便瞬間躲藏起來，消失無蹤影。明明是第一次走這條路，可是卻一點也不教人感到陌生，原因就在於牆上的塗鴉。在巷子間繞來繞去的尤娜發現原來自己沒有走錯路，之前確實曾經來過。當時就覺得這片包含韓文字的塗鴉很有趣，還在此拍了照片。換句話說，她並不是對初次走的路感到熟悉，而是改以陌生的視角來看這條熟悉的路。才不過兩天的時間，許多結構彷彿都扭曲變形了，此時出現在眼前的村莊亦是如此。先前她不曾看過這個村莊，即便見過，也不是以這種型態出現。尤娜只覺得它的規模似乎變大了。

看到遠處有人，尤娜走了過去，發現是之前認識的老人——因天坑失去雙腿、演奏手風琴的老人。他正站在那裡，用掃帚與衛生紙碎屑在打高爾夫。忙著把衛生紙團送入地面圓洞的他，絲毫沒發現尤娜靠近。

「您在這裡做什麼？」

發問的人是尤娜，可是眼下這情況卻像是在要求尤娜作答似的。尤娜把手提包的帶子稍微拉向自己的身體，補了一句：

「我是剛好經過，不過，您在這裡做什麼？」

老人瞄了一眼尤娜，接著再次把頭轉向地面。他竟然能挺直腰桿地站立，難道之前那一切都不過是場秀？尤娜再次呼喚老人，老人也瞅著尤娜，似乎稍微遲疑了一下，但很快的就決定了方向。他又開始打起高爾夫。就算看到尤娜的眼中寫滿疑惑，老人依然不打算調整姿勢。見到老人以如此生龍活虎的姿態站著，尤娜忍不住怒火中燒，而老人似乎也動了氣，或許還更甚於尤娜。他用力地大手揮出掃帚，之後便在樹墩上坐了下來。

「拜託，我們也是需要休假的。」

說這話的時候，老人抬起了頭，但尤娜早就以快速的步伐走出了巷子。美奈露出了與尤娜先前停留數日時截然不同的表情。旅行期間，尤娜見到的是在幾個過季災難侵襲下走向荒涼，以及儘管人們很流行講「一美金」，但至少還讓人感覺純樸土氣的鄉下地區，甚至當尤娜想到自己的評價能決定這個島嶼的命運，還會忍不住心生愧疚。可是再次重返美奈後，這裡卻彷彿成了尚未開業的主題樂園。儘管老人並不會對尤娜造成任何威脅，她的手臂卻冒出了雞皮疙瘩。尤娜轉過身，朝著來時的方向往回走，步伐也越來越快。

遠處有一棟大門敞開的房子，尤娜朝那邊走了過去，裡頭有個女人正在看電視。可能是感覺到有動靜，於是她轉過身看了一下，接著不自覺地發出了輕微的驚呼聲。

「有什麼事嗎？」女人說道。

「我在找回度假村的路，因爲我迷路了。」

「Belle Époque？」

「對。」

女人關掉電視，走到門外。

「妳先直走，碰到彎路時，就走最左邊那條。然後會看到大海，接著沿著海邊直走，就會看到度假村的後門。」

聽到女人說得一口流利的英語，令尤娜詫異不已，同時又覺得女人的嗓音聽起來很耳熟，而且，就連女人說話時的嘴型也覺得眼熟。就在尤娜試著回想之前在哪見過這女人的時候，女人似乎也慢慢認出了尤娜。女人將雙手交叉於胸前，以稍微縮著肩膀的姿勢再次走進門。她的舉動看起來眞的很眼熟。

「等等！我們之前見過面吧？」

女人本來想說些什麼，但後來緊緊閉上嘴巴，自顧自地抿著嘴笑了。那副模樣就是不折不扣的「南」，也就是帶領尤娜他們兩天活動的汶達族女人，南。

「妳不是叫做南嗎？妳看這個！」

尤娜張開自己的十根手指頭，給女人看自己的粉嫩色指甲，可是眼前的這個女人卻什麼也認不出來。女人看上去像是感到顏面無光，又像是在生氣。很快的，女人便頭也不回地走進屋裡去了。

「喂，南！」

隔壁人家的窗戶開了一道細縫，但隨即又悄悄地關上了。儘管眼前什麼也沒看到，但尤娜在短短幾分鐘內便察覺，這條巷子裡有許多雙眼睛正一眨一眨地注視自己。

尤娜朝著南告訴她的方向走，雖然內心很想回頭，但她仍只看著前方繼續往前進。她總覺得，一旦回頭看，自己瞬間就會變成一根鹽柱。

φ　φ　φ

遠方看起來猶如一個紅點的建築就是度假村，可是此時相較於度假村，更引人注目的卻是右前方呈四十五度角蜿蜒的路。因爲好像聽到了什麼聲音，尤娜不由得盯著那方向看，並緩緩深入那條路。路的盡頭有一台重量級卡車衝了過來，接著緊急踩下剎車，但某樣東西已經彈飛出去了。騰空高飛幾公尺，接著墜落下來的，看上去竟然是個人。尤娜藏身在樹木之後，驚愕地摀住了嘴巴。駕駛座上有個人急急忙忙下車，走向倒下的人，看到路上那人尚未斷氣，便又上了車。卡車先是往後退，確保有些許的空間，接著再次猛力往前衝。那個車速別說是路面上的小石子，就連小型昆蟲與天空撒下的陽光都能給釘得死死的，甚至還會被壓得四分五裂。當然了，路面上躺的是個人，結果也不會不同。而且就算不去親眼確認，也能知道卡車此時輾過去的是什麼。

司機站在屍體前面，不知道給誰打了通電話。不久後有其他車輛過來，替整起事件畫上了句點，路上也再次恢復寧靜。幾個人在收拾屍體時，尤娜看見死者的臉，發現是手風琴老人，而他的掃帚在一旁滾動著。尤娜瞬間感到一陣天旋地轉，身體不住顫抖，可是更讓人害怕的是，她無法控制自己的身體。在自己不情願的情況下目擊這種事也很驚悚。尤娜緊緊閉上雙眼，做了一次深呼吸，接著再次睜開眼睛的瞬間，發現另一頭的路上有人正看著這邊，看著她。尤娜連忙往後退，右腳的腳踝不小心拐了一下，就在這一刻，後頭有人一把跩住了尤娜。一看，是個熟悉的臉孔。

4 三週後

「妳看見了卡車？」

經理納悶地反問，這使尤娜更加不安，不敢說出自己目擊了事故。

「您一定是看錯了，外部人士不會看到卡車，那是規則。」

「是黃色的卡車。」

「嗯，那輛卡車是保羅的公司所有，是當作施工車與負責治安的，但因爲會製造噪音，所以外部人士來的時候完全不會運作。」

「保羅要怎麼知道這座島上有外部人士在？」

「因爲所有外部人士都住在這座度假村，如果度假村有外部人士，保羅是不會操作那種大型車輛的。既然我在旅客登記簿上寫上您的名字，就表示有外部人士在，那麼保羅是不可能會有任何動作。先不說這件事，我們好像得談談別的。」

經理直視著尤娜說：

「是關於您打破約定的事。我分明說過不能跑到度假村的外頭吧？要是您發生了什麼事，叢林旅遊又會對我們說什麼呢？要是我們的員工沒發現您，說不定會出什麼問題，不是嗎？」

「我沒有跑到外頭，海邊的步道和村莊是連在一起的。」

「不對，度假村的海邊和村莊之間分明有界限，雖然高度不高，但中間有一道牆。假如您是經由那條路到外頭，那您就是翻了牆。」

尤娜沒辦法否認。經理將住宿費請款單推到尤娜面前，並說：「是您先違反了約定。」他接著說目前沒辦法與叢林旅遊取得聯繫，站在經營的立場上，沒辦法再幫助尤娜。經理邊說這些話的同時，邊皺起了眉頭。

「今天這時間似乎也沒辦法趕上船班，就讓您今天再住一晚吧，明天早上我會送您到港口。這是我們能拿出的最大待客誠意。不確定您曉不曉得，在美奈，除了獲得允許的外國人之外，是不能隨便住宿的，沒有身分證的外國人更是如此。」

「是要獲得誰的允許？」

「保羅。」

無論提到什麼事，似乎都與保羅有所牽扯。一想到韓語中保羅與犯規的拼法相同，尤娜頓時千頭萬緒，覺得又再度墜入了與自己格格不入的世界。隨後，尤娜再度撥打了叢林旅遊的緊急聯絡電話。手上沒有護照和皮夾，手提包的內袋就只有幾毛錢天眞爛漫地滾來滾去，這些事實令尤娜倍感恐懼。雖然很意外地輕易就與下班的金通上電話，但尤娜卻很快就對這通得來全不費工夫的電話充滿怨懟。

「沒有在行程內跟團回來是妳自己的過失，怎麼還期待公司替妳收拾善後？妳別只想著要靠別人，要自己找出路啊。再不然，妳就別想成是自己掉隊，而是爲了出差，自行主動申請延長工作怎麼樣？妳要把這件事當成機會啊，妳明白自己和三年前的職位不同了吧？我說這些話，都是愛之深、責之切啊。」

金好整以暇的語氣令尤娜更加緊張了。尤娜一時忘記了，比起這一頭，那一頭更重要；比起這一頭，那一頭更可怕。她也沒辦法說出：「能不能想想辦法，讓我回韓國去？」方法不是沒有，她可以打電話給身在韓國的人，請他們寄錢到度假村，之後也可以拜託度假村，讓他們送自己到胡志明機場。明明有各種方法，爲什麼自己卻想都沒想就先打電話給叢林呢？是過去十年間太過依賴叢林的慣性嗎？

儘管一開始是因爲喜歡旅行才投履歷到旅行社，但撐過十年的歲月，叢林對尤娜來說逐漸轉變成了其他意義。就算叢林販賣的不是旅行，而是其他東西，就算尤娜必須企劃的不是旅行，而是其他東西，只要是非做不可，自己就能做到。都已經三十三歲了，對於沒有餘裕同時經營家庭與公司的人來說，叢林無疑是最佳的職場。公司鼓勵辦公室戀情，每個週末還會提供讓未婚人士互相認識的機會，甚至在距離公司不遠的地方提供宿舍。無論是醫院、電影院、運動中心和購物中心，全部都在公司內。如果要說這樣的公司有什麼缺點，那就只有一個——辭掉工作的那一刻，就必須重建整個人生。

雖然打了一通得不償失的電話，但也不是一無所獲。有人按下了門鈴，打開門一看，小屋前面已有行李車在等候。「有事要與您密商。」

經理說，表情有別於昨日。

「您使用了國際電話呢。」

「是的，那部分也一併請款吧。」

「您的通話對象是叢林旅遊呢。」

「所以呢？」

「您怎麼沒說自己是叢林旅遊的員工？」

「您是偷聽我講電話嗎？」

經理的態度令尤娜感到驚慌不已，不自覺地叫出聲。

「我們應該還有許多話要說，先進去再談吧。路克，黃先生抵達時，就請他進來。」

烏雲的體積漸趨龐大，接著開始滴滴答答地下起雨。尤娜跟著經理去了他的辦公室。經理準備了茶點，以比先前更柔和的嗓音說：

「我爲昨天的事向您道歉，因爲本來就對外部人士比較敏感。但我是有眼不識泰山，才會犯下失誤，跟您說聲對不起。」

經理將相機再次推到尤娜面前，雖然他想拿到尤娜的名片，但尤娜的皮夾已經不知去向了。事實上，就算皮夾在手上，裡面也沒有放任何名片。

「不瞞您說，昨天早上收到叢林旅遊通報，說續約的事會再討論看看，因此我才會變得有些敏感。到目前爲止，我只收到了一封郵件。您也知道，叢林旅遊的電話也聯絡不上。」

「是嗎？應該還沒確定吧，這個度假村的案子要等我回去之後才能結案。當然，考慮到你的服務精神，我確實會想告訴公司就此收手。」

「您有權改變結果嗎？」

「我正是爲了這件事而來的。」

應該以負責人身分簽字的人是尤娜，而她的報告也尚未傳達給叢林，可是偏偏在這時間點寄了說要討論續約的郵件，這會是什麼意思？寄郵件的權限不是在負責人的手中嗎？可是竟然有連我都被蒙在鼓裡的郵件。爲了掩飾自己的焦躁之情，尤娜挺直了腰桿，左右搖晃。

「我在許多方面都失禮了。拜託您了，不能在這時抽手啊，您還有很多沒看到的景點。」

經理的話正是尤娜想說的。自己不知道爲叢林奉獻了多少光陰，放棄了多少個週末，甚至把羞恥心都埋葬了，可是公司卻要從我身上抽手？

「我把美奈評爲D等級，一般來說，B級以上的行程叢林才會再次簽約。當然了，比起E或F級，D還算是有討論空間。」

說話的時候，尤娜總覺得心裡不太踏實，她總是不自覺地把D等級投射在自己身上。

「原來不是毫無可能啊，您爲什麼認爲美奈是D等級呢？」

「叢林經手的商品大約一百五十個，有無數的企劃人員持續不懈地開發商品。就算商品不夠新穎，好歹也要給人強烈的印象，才有機會生存下來。地震、颱風、火山、山崩、乾旱、洪水、火災、大屠殺、戰爭、輻射、沙漠化、連續犯罪、海嘯、動物虐待、傳染病、水質汙染、集中營、監獄等，在這些行程之中，受韓國人歡迎的商品，基本上都是能給人在異國冒險的刺激感，可是這裡的特徵卻乏善可陳。獵頭和天坑雖然是很有魅力的素材，但問題就在於那已經是五十年前的歷史，現在也沒有發生了。再說了，這裡的沙漠也很難稱之爲沙漠，準確地來說，應該只是小沙丘吧？至於水上屋住宿體驗嘛，這就難說了，因爲感覺就像一般博物館或主題樂園輕易就能呈現的水準，所以感覺很多餘。以一個平凡無奇的異地來說，這裡是滿吸引人的，但好像不必花大把鈔票選擇這樣的災難觀光商品吧？」

「這裡本來很受歡迎的。」

「差不多該壽終正寢了吧，只要沒什麼長期的看頭，就會立刻被市場淘汰。」

這時敲門聲響起，經理從座位上站了起來。

「看來是黃先生到了，想必兩位認識。」

門打開之後，進來的人是同團的作家，黃俊模。他一見到尤娜就張大了嘴巴。

「原來是您啊！聽說有韓國人在房裡，我還心想是誰，沒想到是您呢。哎呀，才幾天不見，怎麼瘦成這樣？您是沒有回到韓國，還是回去之後又跑來了？」

「我還沒回去。不過，您怎麼又回來了？」

尤娜也不自覺地發出了輕微的驚嘆聲。明明才分開沒幾天，卻好像許久沒見到他似的，感覺格外開心。雨滴敲打門窗的力道逐漸加重，經理端上了煉乳咖啡和馬卡龍。

「來來，坐下來慢慢談吧，感覺大家還有很多話要說，就先坐下來吧。」

作家一口氣喝掉了半杯咖啡。

「哎喲，導遊簡直是氣炸了。我們錯過了原來的班機，本來打算搭下一班的，因爲大家都說要帶您一起回去，所以我們就在機場等待，可是也聯繫不上您，最後我們只好徒勞無功地搭了下班飛機。那個小朋友在飛機上哭個不停，好像是說塗鴉本給落掉了沒帶上。」

「您是來帶我回去的嗎？」

「如果是這樣，我當然是無上的光榮囉。」

作家對自己沒辦法扮演尤娜所期待的角色而深表遺憾，先是嘆了口氣，接著將剩下的咖啡全部倒進了口中。

「我是來工作的。我有提過我是靠各種雜七雜八的副業維持生計嗎？我本來是自由接案的，但當時叢林旅遊是資方，而現在度假村這邊是資方。在合約到期之前，我似乎得乖乖待在這裡了呢。」

「叢林本來是資方？」

「是資方啊，因爲我本來是兼職員工。本來是說最少要有五名以上的團員才能出發，但是因爲只有四名，所以我就以監督員的身分接了這份兼職工作。嗯，還能遇到像您這樣的美女同行，也沒什麼壞處嘛，哈哈。」

「您和叢林是勞資關係，這點和我相同呢。」

「那麼您也是嗎?」

「我是那裡的員工。」

「呵,您比我更勝一籌呢,是在進行什麼祕密作業嗎?不過,怎麼會有旅行社的員工被孤零零地丟下呢?」

尤娜聳了聳肩,表示自己也不懂這究竟是爲什麼。多虧了作家,尤娜得知自己的行李箱此時在胡志明機場的保管處,停滯好幾天的手機也總算能充電了,但尤娜這時才發現,先前要她去問保羅的訊息,並不是導遊傳來的。因爲訊息全文是「想找漂亮的妞,請向保羅問路。」尤娜頓時感到氣力盡失。

想到自己因爲一封在異國收到的垃圾訊息,而跑來了這個莫名其妙的地方,尤娜的頭就痛了起來。不過,導遊分明有提到經理,不是嗎?尤娜眞正在意的是,難道又是我沒聽懂人家的話嗎?尤娜瞬間彷彿大夢初醒。說不定,這所有情況都是爲了測試我的能力,也就是黃牌的結局。換句話說,此時的情況,還有這個難關也可能是出差的一部分。尤娜想起金先前要她自行找到出路，但令她納悶的是，自己究竟算是落入了經過認證的災難之中，又或者是栽進了眞正的一團混亂之中？總覺得越是對此情況抱持懷疑，陷入的泥沼就越深，因此也不能任由自己胡思亂想。在這個尤娜不信任叢林的時間點上，度假村卻對尤娜深信不疑，只因她是叢林的一員。

「不過，黃俊模先生，您在這裡是做什麼工作呢？」

「先上車吧，我們有個地方要去。」

三人搭上車之後，汽車開在美奈的環島公路上奔馳著。作家湊近尤娜的耳朵說：「可別嚇到了喲。」

φ　φ　φ

車子在紅沙漠前面停了下來，雖然距離白沙漠不算太遠，氛圍卻截然不同。這個地方從入口就很像工地，但這話像是意指另外還有個別的地方可以當入口。周圍能看到約莫三公尺高的牆面，而它正好繞了紅沙漠一圈，因此如果不透過入口就無法進出。竄出高牆外的，就只有一座未完成的高塔。按照計劃，那將會是能把沙漠盡頭與遠處海景盡收眼底的眺望台。可是施工中斷一年後，到目前爲止都處於停工狀態，就算廠商完工了，這座塔也只會白白耗掉資金，所以現在乾脆就這樣棄置了。高塔具有人的形貌，內部有螺旋狀的階梯，只要沿著它往上爬，就會看到眺望台。可是，人像的脖子上方卻沒有表情。一開始是以耶穌的形象打造的，但換了廠商之後，改成了聖母瑪利亞的形象，但現在則是以看不出像誰的臉孔靜止著。作家望著那個不像表情的表情說：

「事情順利的話，會在上頭刻上我的臉嗎？」

經理笑著回答：

「高塔現在會重新開始施工，從半年前就在協調，後來保羅說好會把工程完成。您知道我們度假村也是保羅集團的吧？」

尤娜輕輕地點了點頭，事實上，這是她第一次聽說。

「其實先前的兩家廠商中途抽手，是因爲擔憂這裡會成爲一頭吞錢的河馬。雖然有部分預測很顯然是事實，但既然保羅投資了，情況就會有些不同。保羅砸了爲數不小的金額在美奈上頭。」

尤娜只籠統地知道保羅是一家船舶公司，至今還不能說是很了解保羅的一切，但她並不想被人發現這點，所以決定用迂迴的方式探問。

「關於保羅，您是怎麼想的？」

面對尤娜的提問，經理以一副理所當然的語氣回答：

「當然是天生的企業家啦。」

「原來如此。」

「人家都說，保羅絕不會插手會失敗的事業。」

你們的度假村現在已經是門可羅雀，只剩蒼蠅到處飛的程度了，不是嗎？尤娜暗自心想。

「就算是爲了不讓保羅失望，也必須拯救美奈，唯有如此，Belle Époque才能活下來。一旦保羅退出美奈，到時才是眞正的災難。」

他們經由高塔底端的入口進到內部，裡面的螺旋狀階梯不是太寬敞，經理當先走在最前頭，接下來是尤娜，最後才是作家。站在螺旋狀階梯上，經理的聲音響遍了整座塔。

「知道爲什麼保羅要投資美奈嗎？」

「不知道。」

「因爲便宜，美奈現在所有東西都很廉價。就算和這一帶的其他地方相比也一樣。保羅是以賤價在購買美奈的可能性。從某個角度來看，這對叢林旅遊也是個機會吧，美奈現在已經跌到谷底，之後就只等著扶搖直上了。」

尤娜默不作聲地靜靜聽著。每繞過幾圈螺旋狀的階梯，就會出現一扇圓形窗，要是沒有那扇窗，這座高塔的構造簡直令人感到窒息。作家發牢騷說，現在好像才爬到高塔的膝蓋部位而已。他並不是初次來訪，而是第三次來這裡了。儘管另一邊的出入口就有一台可以直達眺望台的電梯，但現在並沒有在運作。

「保羅的投資會一舉成功的。事實上，根據保羅提供的情報，國際機構之後會針對這一帶推出災區重建專案。也就是說，在這鄰近災害區域中挑選一處，投入爲數可觀的補助金，重建都市。從興建下水道、解決電力問題、開關道路到工作職缺，全都囊括在內。」

窗戶好長一段時間沒出現了。

「倘若情報屬實，經理您認爲，美奈會獲選爲該專案的重建對象嗎？」

「得想辦法達到目標囉。」

因爲遲遲沒有見到窗戶，感覺就像持續在同一個地方打轉，尤娜覺得有些頭暈。

「就算保羅進行投資，不也有可能徒勞無功嗎？只要美奈不發生災難，就不可能進入災區重建專案的候選名單啊。但就算是這樣，也不能期待災難發生，況且災難發生的時間點也不是人類所能決定的。」

「這個嘛，要抓時間點還不簡單？」

經理語畢，作家接著說了下去。

「美奈整個春季都在鬧乾旱，等到進入雨季，就會開始下暴雨。在地盤脆弱的地帶，這種時候就很容易出現天坑，因爲暴雨經常是天坑形成的信號彈。時間點很不賴吧？」

尤娜不禁心想，「時間點很不賴」究竟是什麼意思。作家搶先走在經理前面，打開了位於盡頭的門。他們終於來到高塔的頸部，這裡有個眺望台，一陣參雜沙粒唰唰作響的狂風，冷不防地闖進了原本密閉的空間。在眺望台上，可以看到另一端環繞此地的蔚藍大海波光隨風蕩漾的模樣，也看見了那片大海與這座塔之間，紅沙漠逐漸形成高爾夫球場的樣貌。沙漠的正中央有兩個圓形怪坑，而盤踞在下方的，是深不見底的虛空。尤娜忍不住懷疑起自己的眼睛，因爲那正是典型的天坑。

右邊的坑洞接近完美的圓形，幾乎和人頭湖一般大，而在左邊的，雖然要比它小一些，但看起來更深。即便是連續產生的天坑好了，至今也不曾在照片上看到這麼大的規模，而且還是位於沙漠的正中央。此外，塌陷的地面與完好的地面之間涇渭分明的切面看起來也很結實，這點也很令人吃驚。或許這是因爲站在高處俯瞰的緣故吧，要是湊近一看，說不定還有許多沙粒正無止境地往下墜落。

「這是什麼時候發生的？怎麼會發生這種情況……又或者？」

「又或者？」

又或者，又或者會是什麼？尤娜覺得那個地方就像施工現場，遠處的沙漠盡頭有一台挖土機低垂著頭。挖土機猶如一頭瘦骨嶙峋的動物，彎下長長的脖子，在原地動也不動。環繞這座沙漠的高牆是什麼？那面牆想要隔開或者要保護的對象，說不定並非這座未完成的塔。尤娜俯瞰著那個過於完美，反倒變得很不眞實的玩意。兩座如墳墓般的山溝被垂直打通，猶如五十年前的獵頭現場，而周圍的紅土更增添了這種氛圍，彷彿就連風沙都無法抵達那深坑的底部。這座塔的上方也相同，以水平方向吹拂的風僥倖地避開了垂直的道路，尤娜拂了拂自己的手臂。

φ　φ　φ

作家後續說的話讓尤娜想起了以「去市場」爲開頭的詞語接龍遊戲。只要把市場兩個字改成沙漠就行了。去沙漠有水果；去沙漠有水果和麵包；去沙漠有水果、麵包和帳篷；去沙漠有水果、麵包、帳篷和手推車；去沙漠有水果、麵包、帳篷、手推車和父親；去沙漠有水果、麵包、帳篷、手推車、父親和兒子……

正如同這遊戲只要沒人漏掉任何一個詞，就彷彿永遠不會結束一般，八月的第一個星期日，當天在沙漠上的所有人事物，難以鉅細靡遺逐一列出。說不定反向列舉現場沒有的東西還更容易一些。總之，那天是美奈唯一一所小學的運動會，這也等於是村子舉辦慶典的日子，從一大早就有許多人、許多要吃的食物和許多交通工具會湧入紅沙漠。預定從當天上午九點開始，這片鬆軟沙漠上會正式展開運動會；中午則會暫時避開烈陽，直到下午三點再重啓慶典。可是在上午八點，活動即將開始之前，地面突然猛地塌陷，形成了第一個天坑。接著，在人們還沒來得及收拾之前，又有一處塌陷了。兩個巨洞快速吞掉了二十多輛車子和摩托車，死傷者有一百名。

第一個天坑出現的位置，與兩天前大家發現直徑兩公尺、深度一公尺左右的水坑位置相同。那個坑看上去就像有人用冰淇淋挖勺，在沙漠正中央挖出了一個洞，過去也經常出現這種水坑。這片沙漠彷彿罹患了骨質疏鬆症似的，經常把自己虛而不實的部分呈現在大家面前。可是，這回坑洞的規模讓人大感吃驚，不但比過去的水坑都大上許多，還很可能會引起意外事故。由於水坑就位在高塔的正下方，也就是沙漠中央，因此也不能隨便設置安全柵欄就了事。學校在活動的兩天前做了緊急措施，將那個水坑完美地填了起來，擱上了裝飾品，好讓大家無法靠近，可是它卻在運動會前一小時發生嚴重塌陷。原本直徑兩公尺的坑洞，竟一路裂開到大約四十公尺寬，深度也接近六十公尺。隨著第一個天坑的出現，很快的，第二個天坑也在不遠處現身，而且因爲事前毫無徵兆，那個區域聚集了最多的人潮。

「第二個天坑的直徑幾乎達到三十公尺，深度最少超過兩百公尺，大部分死傷者都是在那片區域，大部分都是。」

雖然目前尚未發生任何可怕的事，尤娜卻帶著彷彿做了噩夢的恍惚感走下階梯。坐在重返度假村的車子內，尤娜不斷地思考，爲什麼叢林的雷達網沒有偵測到這種事，加上另外兩人也沒有向她解釋這是什麼時候發生的事，因此更讓人摸不著頭緒。再次回到經理的辦公室後，作家遞出了幾張照片代替回答。

「這是南美某個國家的鑽石礦山。一八七一年，有人在山丘上發現鑽石，因此大家紛紛蜂擁而至。不到幾個月的時間，就出現深達一百公尺的洞窟。儘管那些人的目的並非製造深坑，但很自然而然地就演變成這個局面。應該稱它爲人造的天坑嗎？據說當時來挖鑽石的將近有三萬人，而我們只憑二十人的力量就完成了。」

「所以說，黃俊模先生，是您在那片沙漠上弄出大洞的嗎？」

「親自駕駛挖土機、拿鏟子的，當然是二十個工人啦。」

作家又給尤娜多看了幾張照片，那是他事先準備的巨坑施工現場照。準確地來說，那是模擬事故的照片——一如委內瑞拉薩里薩里尼亞馬峰的天坑，起初先是連續出現幾個小小的坑洞，很像是地底動物用來呼吸的氣孔，可是就在某一刻，這些坑洞拓展成兩個巨洞，變成目前我們看到的規模。

「可是爲什麼呢？爲什麼要弄出那些洞呢？那麼剛剛討論的這些到底是要講什麼？我是指你說那裡會發生意外的事。」

尤娜沒有勇氣把兩件事兜在一塊，只敢如此問道，作家則是斥責地說，她到底有沒有好好認眞聽啊。

「這件事至關重要，所以妳注意聽好了。尤娜，三週後，恰恰正是八月的第一個星期日，我們事先準備好天坑，而那些事會在當天自然而然地發生。換句話說，那天會按照剛才說的那些情節輪番上演。」

經理點了根菸叼著，他朝著尤娜的反方向噴出煙霧後說：

「怎麼樣？這樣的意外適合當叢林的新旅遊商品嗎？」

尤娜好奇，他們談的那個天坑究竟是未來式，又或者是過去式。

「我是說那場運動會，是什麼時候舉辦的呢？……我是要問確切的時間點。」

「目前還沒舉行，那是三週後才會發生的事。」

風向轉變了，經理吐出的煙霧朝著尤娜的面前飄了過來。

「所以，按常識來看，現在您說的話……」

「按常識看呢，美奈再傻傻苦等下去是行不通了。不管是因災害而死，或者坐等餓死，兩種結果不都是殊途同歸？照目前這個狀況，還不如發生災害更好一點。與叢林旅遊簽約、設立度假村以來，美奈的日常生活就是以這個角色量身打造的，也多虧這角色，外流的年輕勞動力也回鄉了。如今演不下去，就等於是沒了未來。」

經理用腳多踩了好幾下丟在地上的菸蒂，說：

「我不能讓保羅失望。」

這項專案從半年前就開始了。等於在旅客人數減少，叢林也嗅到了不安的味道時開始，美奈就在自行創造故事了。尤娜結結巴巴地張嘴，因爲覺得自己好像應該提出什麼備用方案。

「知道『拜』嗎？作家也不知道嗎？」

經理搖了搖頭，作家也不知道。

「拜是泰國的一個小村莊，從清邁前往夜豐頌時會路過的小站點，但隨著旅客開始長期滯留，現在成了旅客會專程造訪的地點。」

「那裡有什麼嗎？」

「拜什麼都沒有。去拜的時候，可以看到有很多地方在販售T恤，上頭寫著『拜什麼都沒有』的句子，放眼望去全是『拜毫無特別之處』『在拜，什麼事都別做』。大家都很喜歡那些句子，覺得身處在那個地方很自在，我自己也買了一件來穿。T恤上印著『拜是個百無聊賴的地方』，我就穿著那件衣服，在拜過了百無聊賴的一週，可是回來之後卻發現，那麼百無聊賴的一週卻讓人念念不忘，所以直到現在還會夢見拜。去那裡的人們多半都爲那種魅力著迷。不如，乾脆也把這裡營造成像拜一樣如何？」

「拜是拜，美奈是美奈。」

經理說完之後，就站起身望著窗外。四周一片寂靜，到了這時候，尤娜最終不得不說出自己一直想迴避的一個問題。

「那上百名死傷者要怎麼變出來？」

他們說，這點用不著擔心。

φ φ φ

世界上有些人相信預防重大事故的海因里希法則，也就是某個巨大災難發生之前，會事先出現數百個微小的徵兆，可是這個法則只聚焦在災難發生的本身而已，站在災難當事人的立場上，這種規則根本不可能存在。災難，就是突如其來地降臨了。這種事，就像某天地面突然塌陷一樣，若說是偶然，未免也太冤枉，但要說是命運，又過於哀傷。可是，這種事可以靠人為製造出來嗎？

「我在寫劇本之前就先拍了照片。很多人都會到景點拍照，這樣沒什麼好玩的，所以我乾脆反其道而行，也就是先看著照片之後，再想辦法來把景觀重現出來。過去我在網路上接到許多類似案子，整整一禮拜七天，沒一天休息的。那些人拿著數位相機來找我，要我幫他們復原場景，或是打造原汁原味的裝潢。我還曾經找來長相和照片差不多的人，復原當年畢業照的現場，但現在主要就只是承接災難、災害方面的案子了。天坑還不算是我第一個承接的案子，並非所有災難和災害都是隸屬於神的領域，人類自然也在那當中參了一腳囉。」

黃俊模之所以會拿這種事當職業，多少都是看在能有收入進帳的份上。儘管他最後始終沒說出自己曾在哪個區域進行這些事，但他說從來沒人發現那是人工打造的。因此他的結論是，別盡信世界上發生的事情，其中可能有百分之三是假的。

「您不會良心不安嗎？」

「對藝術家來說，不安就跟鞋子一樣，無論去哪裡，只要需要走路，就需要有雙鞋。」

「以後會有很多人跑來深入調查天坑發生的原因吧。」

「原因就在於基礎工程啊。尤娜，我可不是業餘菜鳥。天坑會因為地下岩層融化或地基脆弱而發生，也會因為地震等內部衝擊而出現，甚至當地下水枯竭或因乾旱導致地底貧瘠時也會發生。把這一切綜合起來，可能就是原因了，不過我說的是建塔的工程。那座高塔會成為我們的不在場證明。實際上，高塔施工時，有許多人成群結隊來過這片沙漠。也許正因為這樣，即便是人工打造的，那些坑洞也會比剛開始我們所打造的更加巨大，無論是直徑或深度都很驚人。而且事情進行得過於順利，把我們都給嚇到了呢。雖然所謂的天坑本來就很容易在石灰岩地帶發生，但先不管它是石灰岩還是什麼，這裡的地質本來就不是挖洞時會造成太大困難的那種。矗立在那頭的高塔看起來十分岌岌可危，讓我不禁心想：『就算放著不做什麼，這裡的地面也遲早會破個大洞吧。』我認爲這整件事有一半要歸功人類的苦勞，還有一半則是沙漠自行創造出來的。」

即便是五線道的馬路，天坑也能在五分鐘內吃個精光。就像是一條張著血盆大口的蛇把房子般大小的青蛙咕嘟吞入一般，兩個巨洞能把小村莊簡樸的運動會給吞噬掉。如今時間彷彿水流被下水道口快速吸入那般，猛地捲進整件事裡頭。漩渦開始轉動了，問題是尤娜必須決定，是要同流合汙，又或者就此罷手。

經理開了一瓶威士忌，倒進三個杯子，他看著尤娜的眼睛說：

「知道我爲什麼要向您提出這個邀請嗎？」

「不知道。」

「不單只是因爲您是叢林旅遊的員工。雖然我們確實也需要有旅遊方面的專家，但這並不是全部的原因。而是因爲我肯定您不會拒絕這個邀請，所以才開了這個口。」

尤娜試圖隱藏自己不尋常的不快感，於是喝了一大口酒。

「我想說的是，倘若您早點下定決心要回韓國，也就是說，聽完了我們的計劃之後，您打算充耳不聞的話，必定會想盡辦法趁早離開。可是您卻留下來了，所以我也才會對高尤娜小姐您產生信賴。我看人的眼光算是滿準的喲。」

「你到底想從我身上得到什麼？」

「您不是有能拯救美奈的權限嗎？您是這次續約的負責人。」

「你以爲只要經過我的允許，就能順利續約？那只是一種錯覺。叢林的負責人並不具備那種至高無上的權力，就目前來看，這個企劃是無論如何都不會成功的。雖然說這話很失禮，但事實就是如此。」

「如果是新企劃呢？」

「新企劃？」

「等到八月發生那件事之後，新企劃就可以立刻啓動，也就是以美奈爲背景的新旅遊商品。無論是六天五夜或七天五夜都無所謂，畢竟您才是這方面的專家，而且我相信您會站在叢林旅遊以及韓國旅客的立場上，開發出完美的新商品。不如乾脆您就待在這裡進行實地考察，同時一邊試著制定企劃怎麼樣？倘若您事先做了準備，不僅對您，對您的公司也有好處吧？事件發生以後，在收拾殘局的同時，您還能夠上呈新版本的企劃給叢林。畢竟這種事要配合時機行動，太遲就不好了。」

「那麼我可以得到什麼呢？」

「您可以獲得主理該旅遊商品的所有權限，因爲我們度假村打算只透過您進行交易。我有信心，這將成爲令您主管大吃一驚的商品。」

尤娜感覺自己的身體中央被鑿出了一個小孔，而經理正透過那個孔洞偷窺她。過往耗費數月時間竭力打造一個企劃，最後卻無疾而終或被別人搶走的例子多得不勝枚舉，如果眞能和旅行地點的政府機關或飯店建立起信賴關係，對自己也沒任何壞處。再說了，若以此時這種情況來看，他們不早就算是隱密的共犯嗎？

在叢林，尤娜每天一上班要做的，就是評估一整晚發生的災難種類與強度。她需要從新聞報導、社群媒體、國家機關資訊中進行挑選作業，她進行這種作業已經有十年了，可是這幾天，尤娜卻覺得自己迷失了方向。一想到自己原本追蹤許久，後來卻因爲出差而鬆手的那些案子，現在不知道已經進行到什麼程度，就不由得焦躁不安起來。特別是鎮海的海嘯廢墟旅遊，尤娜至今仍念念不忘，那座城市的痕跡，想必此刻還在四處漂流著，被不同海岸的人接二連三地發現。儘管尤娜的日常並不像鎮海那樣破碎漂流，卻莫名地覺得部分的自己已經四分五裂，跟著流進了太平洋或大西洋。

尤娜想起了多年前的前任員工，雖然沒見過他本人，尤娜卻覺得自己要比任何人都懂對方。聽說前任員工原本提出了辭呈，最後卻在金的勸說下，接受了爲期半年的休假，可是等到人離開之後，叢林內部卻傳聞四起。

「本以爲朴科長是個乖乖牌，可是看看他拍桌走人的樣子。」

「你以爲他是乖乖牌？我倒覺得他是個狠角色。他才不是選擇中間路線的那種，而是非黑即白，說一不二的類型。」

下屬提出辭呈，主管卻當成休假處理，大家都以爲朴科長在這場遊戲中獲勝了，可是六個月後回到公司的朴科長，卻拿到了吊車尾的考核分數，很快就被派到任何人都避之唯恐不及的地區。於是，朴科長最後眞的遞出了辭呈，只剩下有關朴科長的傳聞，在其餘員工之間流傳著。

「用膝蓋想也知道，要他休假半年後就到了十一月，很明顯那是人事考核的季節啊。金組長等於是把朴科長抓來當墊底的，而且剛好也需要派個人到那個地獄去。反正他本來就打算遞出辭呈，乾脆就讓他替那些不敢妄想離職、必須賺錢餬口的同事壯烈犧牲囉。金組長百般挽留朴科長時，我就一直覺得很奇怪，因爲他根本不是那種人嘛，他可是會把下屬榨得一滴不剩的人。」

受理朴科長的辭呈之後，尤娜便替補了他的位子，但即便這個位子已經空了許久，卻仍處處都留下了前任員工的痕跡。朴成東這個名字自動留在企劃書格式的每個角落，所以尤娜必須加以修改，甚至還有幾通電話打來問朴科長是個什麼樣的人。面對冷不防地被問上一句「朴成東先生平時是什麼樣的人？」的電話，尤娜爲了同時掌握對方背後的用意與身分，可以說是吃足了苦頭。尤娜心想，朴成東科長也許是向別的公司投遞了履歷，所以雖然自己不認識他，但她回答對方的口吻卻好像非常了解他，彷彿他很善良正直似的。

尤娜突然有股衝動想打電話回公司，並說：「麻煩幫我轉接企劃三組高尤娜小姐。」她會聽到怎樣的回答呢？原本應該空著的座位上，該不會已經有交接的人坐在那裡了吧？

尤娜凝視著擱在自己面前的透明威士忌酒杯，思索隱藏在背後的一切，以及這次出差的意義。身爲負責人的自己至今還滯留於此地，可是叢林傳遞的訊息卻不是經由自己，尤娜最終不得不承認，或許自己也像多年前的前任同事一樣，被公司以相同手法處理掉了，就像本來以爲是某一刻突然出現的天坑，事實上卻早已默默凝聚了數年的毀滅能量。

「您知道眞正的災難是什麼嗎？」經理問尤娜。

一起來旅行的人都說，經理看起來就像典型的美奈人，但尤娜卻沒有把握典型的美奈人到底該長成什麼樣子。儘管經理的皮膚黝黑，但比起 Belle Époque 的其他員工卻稍微白了一些，而且他的體格高大魁梧，經常露出讓人備感壓迫的表情，就像現在一樣。

「就是災難發生之後的情況，因爲到時又會經歷一次生離死別。」

但轉眼間，經理又會露出無比仁慈與溫柔的表情。他很戲劇性地抹掉具有壓迫感的表情後，接著低聲補充道：

「盡可能在災難發生之後，把美奈從眞正的災難之中救活吧，這就是高尤娜小姐的責任。」

命運的決定就在一線之間，或許經理的邀請對尤娜來說會是一次絕佳機會。尤娜不斷地摩挲酒杯。當然，這也可能是個圈套，但假如是金，假如是他碰上眼前這個狀況，搞不好他會很樂在其中。

經理和作家高舉酒杯時，尤娜只將酒杯舉到他們的一半高度。三個杯子在空中撞擊，而喝下的一口威士忌在尤娜胃中翻騰灼燒著。

5

人體模特兒之島

因爲進入了淡季，度假村不見半個客人，從七月開始到十一月，由於天候不佳，觀光客的足跡也跟著消失。儘管災難並不分乾季或雨季，但對於災難觀光來說，降雨量、溫度和濕度等都很重要。尤娜一行人剛來到這裡時，恰好進入了淡季。

清晨的天空總是很清朗，儘管午後經常下起傾盆大雨，但所有噪音和濕氣都在夜裡曬乾了，不留一點痕跡。尤娜站在陽台上，往下俯瞰大海，往上仰望天空，整片天看起來就像是用指尖刮下它一層皮，後頭還會出現一模一樣的天空似的。在應該退場讓位的時間點上，美奈卻怎樣都不肯退讓，死命地攀住、掛著。不是都說了狗急會跳牆嗎？美奈不是還打算弄出原本沒有的大坑洞，籌劃著天大的詐欺行動嗎？儘管美奈在各方面的處境都與尤娜相似，它卻比尤娜積極多了。

不過才幾天的時間，就發生了這麼多事，但有件事也跟著漸趨明朗——如今尤娜也在這個地方接下了一個角色。這同時意味著看似永遠解不開的問題，輕鬆就迎刃而解了——光是從度假村員工隔天特地跑一趟胡志明機場取回尤娜的行李箱來看，就能得知這件事。儘管尤娜依然沒有護照和皮夾，但看到那個體型龐大，才過短短幾天卻已略顯陌生的行李箱之後，內心也跟著平靜下來。

爲了把整個情況說個清楚，尤娜寫了一份合約書，主旨是尤娜會在七月底前將旅遊商品的完成版交給經理，而從八月開始，美奈與叢林的所有交易都必須透過高尤娜進行。尤娜原本打算在八月第一個星期日的前一天離開這裡，但在美奈，如果要停留一週以上就必須獲得許可。尤娜如果想停留更長的時間，就需要取得滯留許可證，而那所謂的許可，大概就是保羅核發的。

「因爲是保羅幫忙繳交稅金的。」經理說道。

保羅從投資美奈開始，就掌握了各種大大小小的權限。經理表示已經向保羅申請了尤娜的滯留許可證，預計一週內就會有結果。尤娜的首要之務，是把整個美奈繞過一圈。經理派了個人給尤娜，正是之前尤娜給了兩美金的男人，路克。

雖然經理讓出了自己的車子，但尤娜極力推辭，因爲感覺搭乘路克的老舊摩托車會更自在。目擊卡車事故的那天，載著即將暈厥的尤娜返回度假村的正是那輛車身有多處斑駁的褪色摩托車。

「那天沒跟你打聲招呼，你叫做路克，對吧？」

「您還記得呢。」

「你知道我的名字嗎？」

路克搖了搖頭。

「我是高尤娜。我那時也看到了這個，但是寫錯了。」

路克似乎有些臉紅，因爲尤娜正看著路克的摩托車上那個不能看作「ネ」，但又不能說是其他字的字。車身上的這個ネ上頭多了一筆，尤娜糾正了這個部分。

「慶祝？你知道這是什麼意思嗎？」

路克很難爲情地回答：

「我以爲這個詞是好的意思？」

「確實是。」

「你的英語很流利，看來也是會說點韓語囉？」

「我正在學，現在只會一點點。」

路克把經理事先安排的勘查路線告訴尤娜，而今天的行程就是火山和溫泉一帶。尤娜輕輕地捏皺了那張便條紙。

「順序由我來決定。」

他們先沿著環島公路奔馳。以橫向來看，美奈是個長橢圓形的島嶼，而環島公路雖然繞了島嶼一圈，卻不是從頭到尾都與海岸線平行，因爲有些路段的公路要比島嶼的邊界更彎向內側，所以有些地方也算不上是環島的公路。在公路上繞了一圈之後，他們甚至脫離了柏油路，騎進了沒有鋪路的地方。

在沒有鋪路的石地上奔馳時，尤娜的身體只能向著路克傾斜。尤娜想起了幾天前載自己到藩切市的男人所說的話——可以從搭乘摩托車的姿勢看出兩人關係。當時男人說，尤娜的坐姿感覺不像是夫妻、戀人或朋友，而像是一綑行李。雖然不知道該怎麼坐才不會像行李，而是像個實實在在的人坐在上頭，但能確定的是，路克此時的緊張程度也不亞於尤娜。從騎進砂石路開始，他就要尤娜緊緊抓住自己，可是當尤娜把手擱放在路克肩頭上，他似乎就有些緊張，因爲騎在柏油路上時，尤娜主要是抓著路克的T恤衣角。

原來從背部也能看出人的表情，尤娜心想，眞詭異，竟然只因爲一個動作就讓自己跟路克產生尷尬的感覺。尤娜之所以放棄舒適的汽車，選擇老舊的摩托車，只是覺得這樣可能會自在一些。摩托車感覺要比車子輕便，而且又可以避免經理的介入。如果是開車前往，說不定經理會在某一刻要求同行。可是，現在路克的背部勾起了一股微妙的情感，讓尤娜莫名地介意了起來。這是有別於經理帶來的不自在，是另一種性質不同的緊張感。

不出所料，先前寄宿體驗時借住一晚的那個汶達族水上屋靜悄悄的，也看不到乘坐大型橡膠盆漂浮在水面上的孩子們，或是往來水上學校的小船。那一切就像是只有在營業日才會架設的布景，此時全部處於靜止狀態。

只不過有個孩子看起來很眼熟。那孩子就在井邊，而那口井也同樣眼熟，只是並沒有人去使用它。先前大學生徒手挖出洞後豎立的木牌，還有女教師的女兒在井邊種植的樹苗也都已經不見了。在井的上方，有個彷彿特別為那口井打造的蓋子覆蓋在上頭，旁邊則堆著像是預備再將那口井埋起來的土堆。

發現尤娜之後，孩子呈現了「暫停」狀態。尤娜看見孩子的表情在彈指之間不動聲色地產生了變化。不知不覺的，孩子戴上了失去媽媽的悲傷臉孔，並問了尤娜一句：「媽媽？」先前，這些動作和表情讓人恨不得趕緊摟住這個可憐的孩子，但現在卻恰好相反。尤娜往後退了幾步，直到路克一靠近，孩子便一溜煙地消失了。

在孩子消失不見之處，有條老狗瞟了尤娜一眼，接著再次垂下了頭。旅行期間，就連狗兒看起來都像是災難的殘跡，可是如今再看到那條狗，卻顯得那麼平凡無奇。之前孩子躺在上頭玩耍的吊床如今只是一張網子，垂釣著空氣中的風，趴在吊床底下的狗兒進入了夢鄉，藍色吊床在牠上頭老練地晃動著，乍看之下，吊床竟像是從狗兒背上展開的藍色披風。

「這裡有個叫做南的女人，你認識嗎？」

「南是很常見的名字。不過大家只會在賓客來訪時，才來這裡上班。」

「那些『南』眞的是汶達族嗎？」

路克笑了一下。

「那種事沒什麼意義。」

「爲什麼？」

路克稍微想了一下，如此回答：

「因爲有更廣的分類。」

到了下個地點，尤娜知道了「分類」代表的意思。路克說要讓尤娜見識眞正的水上屋，尤娜也十分好奇「眞正」是指什麼，因此他們的摩托車一刻也不得閒地奔馳著。

經過紅沙漠後，無數水上屋在後頭的大海上現身。其數量之多，是紅沙漠一帶如布景般的水上屋無法相比的。倘若紅沙漠一帶的水上屋是取得執照的假房子，這裡就是無執照的眞正的家。美奈有三分之一的人口都住在這裡。

「人口大約有三百名，乾季的時候不在，等到進入雨季就會移動來這個地方，就像那樣用船載著房子來。」

「爲什麼要把眞正的房子放著，另外建造那些布景呢？觀光客也不知道這個地方的存在。」

「這裡是無執照區域。美奈並不允許這些人存在。」

「這些人是眞正的汶達族嗎？又或者是卡努族？」

「如今沒人在意那些事，這裡的人，不過就是窮到付不出稅的人而已。」

一個寫著「注意鱷魚出沒」的木牌失去平衡，傾斜地站在水面上。儘管過去這裡曾是身長約五公尺的鹹水鱷魚出沒的地方，但現在牠們全部沒了蹤影，只剩下住在無執照水上屋的人留了下來。在乾季時，人們會漂流到遠處，等到雨季來臨，又再回到大海。問題總在他們再次回到海邊的雨季時發生，保羅並沒有核發居住許可給他們，就算在保羅掌管之前也一樣。他們和美奈的權貴人士經常互看不順眼，但最後卻變成是有了默許的不成文規定。觀光客停留在美奈的時間，是從週一晚上到週六上午，所以從週一晚上八點到週六上午十一點，此地的人不得經過「觀光地」附近。即便雨季是觀光客的淡季，大部分日子都沒有半個觀光客上門，水上屋的人依舊無法通行。

φ　φ　φ

「雨季時，鱷魚會跑到岸上，所以很讓人頭疼。大部分動物都是吃飽了就不會獵食，但鱷魚是個例外。無論鱷魚是吃飽了，還是處於飢餓狀態，牠們看到什麼都會咬咬看。萬一被咬到，唯有刺牠的眼睛，牠才會鬆口。」

經理看到尤娜回頭看注意鱷魚區域，於是如此說道。他還說最好不要去那邊，並補上一句說那片地區很危險。當時一張偌大的美奈地圖攤開在他的辦公桌上。這還是尤娜第一次看到美奈全區的地圖，但上頭只標示了幾處地名，所以並不能算是清楚好懂。只見經理拿出紅筆在地圖上標示了大約五個地方，說希望能把這些區域放進旅遊企劃，其中也包括了尤娜認爲必須優先調整的區域，也就是火山和溫泉。

「火山幾乎稱不上是火山了，反而只會導致這個旅遊行程的整體印象粗糙低劣，有什麼非得放入不可的理由嗎？」

「高尤娜小姐您是專家，因此您的意見必然是很專業客觀，但希望您也能考慮一下當地人的情感層面。」

經理在尤娜的咖啡中放入兩顆法國製的方糖，同時說：

「這裡的人將火山視爲神聖之地。」

「但是客人是外來人士，在外人的眼中並不覺得它像是座火山。」

尤娜傾注心血制定美奈的企劃，而火山是從一開始就沒有空檔能排入行程。經理如此執意要把火山放入的原因，與神聖性或當地人的情緒毫不相干。後來才得知，原來火山一帶大多是保羅收購的土地。這是路克私下小心翼翼透露給尤娜的。

「難道，紅沙漠一帶也和保羅有關係嗎？」

「有塊環繞沙漠的U字形土地，一眼就能看到保羅收購的土地，只有那裡的土壤是肥沃的，但任何人都沒辦法出入。」

尤娜想起了設立「注意鱷魚出沒」木牌的區域，那裡果然也是U字形區域的一部分。住在該區域的水上屋居民之所以經常和保羅產生摩擦，也是因爲該區域是塊沃土。保羅的土地就像緊挨在瘦肉周圍的肥肉，只要過了八月的星期日，保羅的沃土上頭就會有下金蛋的鵝群來來去去。最後尤娜只得接受經理的要求，把火山放入了企劃，但越是這樣，她就越覺得自己是被他們幾個人利用來滿足私欲，而不是真的爲美奈整體著想，因此心裡也有了疙瘩。可是，有哪份工作不是這樣呢？如今尤娜才明白經理爲什麼想事先制定旅遊商品企劃，還有爲什麼要將這件事委託給自己，想通了這點，她也感覺輕鬆許多。此外，細究那幾個人獲得的利益之中，尤娜應該也多少能拿到一點好處，因此便緊緊閉上了嘴。

儘管外頭雷電交加，但在經理辦公室倒是聽不到任何聲響。尤娜提議，不如就在火山噴發口的旁邊蓋餐廳或飯店如何，如此就能增添緊張感，觀光客也就有了造訪的價值。儘管經理擔心那不是一座澈底的死火山，但很快的就開始評估於噴發口旁邊設置觀光設施所帶來的賣點。

除了早餐時間之外，作家鎮日在小屋內埋頭寫作。尤娜能見到他的時間就只有早上用餐時間，但每一次作家都帶著布滿血絲的雙眼和蓬亂不堪的瀏海出現，接著就只點了雞蛋料理。所以早餐時段成了尤娜唯一能夠使用韓語的時間。從某方面來說，作家（單純只是因爲他是韓國人）讓尤娜想起自己擱放在韓國的日常生活——包含叢林在內的所有過去。從回想日常的角度來看，作家很有用處，而他可能也對尤娜產生類似的情緒，經常會說出「我們韓國人」或「在我們韓國」之類的話。

「尤娜，妳知道什麼樣的災難會成爲話題嗎？」

「不知道。」

「畢竟不是所有災難都能吸引大家的目光嘛。能成爲話題的災難，一般都必須滿足這三大要素。首先規模要達到某種程度以上，如果是地震，至少規模要達到六點零以上；如果是火山，爆發指數要在三級以上。要是規模不夠，根本搶不到頭條新聞的版面。所以，至少要有某種程度的規模，忙碌的人們才願意撥出時間，對此表示同情，關注整起事件。這世界充滿了過多的刺激，所以這也很無可奈何，畢竟所謂的關注力是很老實的。第二，必須是發生在新的區域。如果老是重複出現一樣的地名，那就不好玩了，因爲不用想也知道那是個什麼樣的地方。既然強度不太夠，那麼提到新的區域、比較鮮爲人知的地名，就有助於吸引大家的眼球。妳想想看嘛，新聞畫面上出現了突然崩塌的街道，但旁邊卻是大家習以爲常的文字寫成的招牌或交通號誌。還有，該怎麼說呢？如果是經常看到的人或是眼熟的穿著打扮，不是會覺得有點膩嗎？畢竟憐憫他人也會產生倦怠感的。不過，當與眾不同的世界以悽慘不堪的樣貌出現在眼前，至今不曾受過刺激的細胞就會猛然受到衝擊，人們也會感受到令人耳目一新的痛苦。最後也是最重要的，就是『故事』。當災難發生之後，人們之所以會想找新聞來看，目的一方面是想見識災難的駭人程度，但另一方面也是想找到在滿目瘡痍之中綻放的感人故事，因爲這是我們在生活中經常遺忘的。」

作家似乎對於自己的一番話感到很陶醉，而他的肢體動作，也隨著自己的長篇大論變得越來越誇張。他的手不斷在空中旋轉、繞來繞去，到最後終於在盤子前面擱下時，還不小心把叉子撞掉在地上。作家本來以爲會有人替他撿起那根叉子，但看到沒人要把舊叉子清走，或是替他拿一根新叉子來，於是惱羞成怒起來。

「這裡就是這樣，欠缺管理。」

作家到隔壁桌去拿了根叉子。雖然桌上總是擺了好幾副餐具，但實際上用餐的人始終只有尤娜和作家兩人。

籌備災難旅遊的過程中，需要煞費苦心構思細節，這就像刀子要以什麼角度架在脖子上一般，需要懂得如何選擇構圖、剪接畫面，呈現令人大受感動或傷心難過的災難剖面。能吸引人們睜大雙眼的，終究只能是強而有力的意象。尤其大家都是透過大眾媒體接觸到災難，包裝出來的形象就決定了災難的實際樣貌。事實上，只要去研究幾個時機點相似、發生規模也差不多的災難，就會發現災害規模、捐款與關注程度並不成比例。有些城市的災難只用幾個句子當作整節播報時段的點綴，轉眼間就被世人所遺忘；有些城市卻獲得了更高度的關注與捐款。靠著生動的照片記錄下城市遭摧毀的殘破樣貌，以及與照片相關的、令人動容的故事，關注度就這樣提昇上來。閱聽大眾看到跟自己一樣的人，又悲傷又需要搭救，肯定會被打動。爲達成這個目的，就必須展現出那些災民的生活有多不堪，最好的狀況莫過於在殘破生活中安排讓人能產生共鳴的部分。作家正爲了如何詮釋出未來的殘破生活片段而大傷腦筋。作家倒不用多有創意，因爲閱聽大眾在看到災情苦難之際，自己就會熱切地想要付出，而且關鍵在於要讓誰去死。作家的劇本已經安排了幾十種死亡情境：母子共赴黃泉、即將結婚的準新娘喪命、琴瑟和鳴的老夫婦同月同日死、全家殞命僅新生兒命大逃過一劫、爲了救學生們而犧牲自己的教師、父母雙亡的年幼孩童，還有爲了搶救家人而闖入災難現場的老狗……

剛開始尤娜只聽說，死者會由「人體模特兒」來扮演，讓她誤以爲那些人體模特兒是假人，但實情並非如此。也就是說，只是名稱叫做人體模特兒，實際上就是眞人屍體。一般的塑膠人體模特兒是沒有家人的，但眞人屍體自然會有遺族或留在世上的親朋好友。當家人或親朋好友把遺體交給火葬場時，有些人會簽下同意書，讓屍體不必立刻火化，還可挪做爲促進醫學發展之用，但他們也會以此爲條件，獲取能在餘生撐下去的金錢，不過就算那點錢不足以支撐遺族的餘生，也沒多少人會苛責他們做出這個選擇。經過這些人同意下收到的屍體被稱爲「人體模特兒」，全都一一保存於冰庫中。這種方式保存下來的人體模特兒目前有六十具左右，其中時間放得較久的屍體，從半年前就開始腐敗了——在冰庫中，腐敗速度極爲緩慢，至少還能撐到八月的第一個星期日。

那些人體模特兒才是八月運動會中扮演關鍵角色的主角。在八月的第一個星期日，多具人體模特兒會被扔進天坑裡。爲了使整起事件更加天衣無縫，甚至可能在那宛如地獄般的天坑加上縱火的戲碼。雖然不管怎麼想，都覺得這看起來跟「醫學發展」是八竿子打不著，但尤娜認爲這不是自己該介入的問題。

人體模特兒需要命名、賦予他們故事，而那是作家的責任。那些人體各自被賦予了生前自己也不知道的故事，像是他們彼此互不相識，或者大家只是點頭之交，再不然就是原本有其他關係，卻被安排成了同事、家人或戀人。總之他們冰冷的軀體都無法送去火化，只能默然停放在冰庫中。作家說，這是在編造動人故事時經常使用的手法。

「雖然有人說，這等於是讓死者再死了一次，但從某種意義來說，這也可以說是他們的復活。」

「大部分的屍體都是直接捐贈嗎？」

「車禍事故的案例大部分都是，雖然大部分的死因也都是交通意外。」

「交通意外？」

「因爲這裡撞死行人的刑罰一點也不可怕，反倒是行人受了重傷、剩下一口氣苦撐的狀況最是讓人頭疼，因爲這樣就得負責照顧那個人的下半生了。萬一那人是一家之主，還得連他的家人都一併照顧。況且死亡的和解金還算是負擔輕一點的，所以多半都會那麼做。」

因爲想起了卡車故意從手風琴老人身上輾過的場面，尤娜不由得閉上了眼睛，同時胃部也一陣翻攪起來。

「所以他們乾脆就殺人了嗎？」

「大部分出入的車子都是卡車類，他們就乾脆再次輾過去囉。我第一次聽到的時候也很震驚，但是，雖然形式不同，這種事不也經常在韓國發生嗎？」

某處突然傳來了響亮的警報聲，尤娜因此失手掉了叉子。雖然她很迅速地拾起叉子，但也沒有胃口去拿新的叉子，因此直接從座位上站了起來。

精心準備的不只有死者，負傷者與身體健全的目擊者也都安排妥當。他們才眞的是必須發揮維妙維肖演技的要角。被分配到男子一、二、三號或女子一、二、三號角色的人，都收到了一兩句台詞。

「地面和牆壁突然出現了裂縫，門窗也關不太起來，感覺門窗邊角不合已經是老問題了。」

「因爲地上一直看到年輪狀的裂痕，所以我在想，好奇怪，那到底是什麼，眞奇怪，可是我完全沒想到地面會突然崩塌。」

「我聽到了轟然巨響，結果到外面一看，發現眼前天崩地裂，腳下整個是懸空的。我看到姊姊被吸到裡面，但我也束手無策，因爲事情瞬間就發生了。」

他們已經開始練習事件發生後碰上採訪時需要的台詞。光是說那一兩句台詞，就已經可以拿到一般美奈勞工半年的薪資。報名的人很多，換句話說，死者以死者之姿，倖存者則以倖存者之姿努力準備著。

尤娜來到了海邊，水平線如一道圍牆般環繞著 Belle Époque。雖然一開始這點讓人感到很舒適自在，現在卻反而覺得有些約束。尤娜對自己說，這裡不過就是規模稍微大一點的劇場罷了，日日有如浮標般在海面上浮沉，不會有沉沒的一天，但也不會有安穩之日的空虛劇場。

ø ø ø

尤娜和路克騎著名爲「慶祝」的摩托車奔馳時，曾看到火葬場。雖說是個火葬場，但從半年前就沒有煙霧冒出。與其說它是火葬場，不如說更像是一間大型超市，隨時有身穿制服的員工忙碌奔走。大夥都穿著黃色背心、戴著印有保羅標誌的帽子，就像大型超市有新貨品送達似的，他們很有朝氣地在各自負責的區域奔波。剛才似乎有幾具屍體抵達，他們一下子扛著蓋上毯子的擔架移動到這區，一下子又到那區。持續注視這幅景象，實在難以相信他們搬運的是曾經活著的人，因爲看起來就像是標準化的商品。

後頸似乎感覺到些許涼意，接著很快的便落下豆大的雨滴。路克將放在火葬場入口的大型遮陽傘拔起，當成雨傘撐著。那是一把足以遮蔽尤娜和路克兩人的厚實大傘。明明只是共用一把雨傘而已，四面八方卻突然靜了下來。

「路克，你知道我現在在做什麼嗎？」

「不是替旅遊企劃改版嗎？」

「我可能會有遺漏的部分，所以只要你認爲能有點幫助的情報就告訴我，就是對美奈的災難旅遊能有幫助的情報。」

雖然直接採用了「災難旅遊」這個名詞，但尤娜說話時很小心，畢竟路克也是美奈的居民，可能會感到不快，可是他的回答卻出人意料。

「這個嘛，其實我不太清楚這裡有什麼樣的災難，因爲在觀光客湧入之前，這裡眞的什麼都沒有。這裡只是什麼都沒有罷了，但並不是有災難啊。」

聽到這些話後，尤娜一下子無話可說了。美奈很貧窮，但或許這只是外來人士的視角。以外來人士的觀點，把美奈歸類爲災區，或許是一種傲慢之舉。雨柱在不知不覺中變細了，幾滴雨珠如鳥兒啪嗒拍翅飛走般在大遮陽傘的上方飛散後，雨勢便停歇了。

太陽西沉的天空一片火紅，矗立的椰子樹領受著今日最後的餘暉，看上去就像長柱*似的，又或者是萬聖節時在眼睛、鼻子和嘴巴上頭點亮燈光的南瓜。而當路克詢問現在應該上哪去的時候，尤娜說：

「在美奈，你最害怕的地方是哪裡？」

路克最後選出了一個地方。島上的夜晚來得很早，就在所有事物都接二連三地靜止之際，今天最後一個目的地出現了。在這個地方，有著至今仍在生長、猶如動物般的樹木。這些具有驚人力量，似乎應該施打一點生長抑制劑的樹木，名字很煞氣地稱爲「絞殺樹」。即便是堅硬的岩石，在樹木蠕動竄長的野性力量面前也只能俯首稱臣。倒塌的石頭個個像是被砍下的頭顱。

「這種樹，我見過，在吳哥窟也見過，是會纏繞並吞食建築物的樹木。」尤娜仰望著樹木這麼說道。

路克則是一邊輕輕拍打樹木，一邊回答：

「這個不太一樣，它是獨一無二的。這棵樹有個傳說。我小的時候，母親說過，站在這棵樹前面就能見到鬼，所以只要我闖了禍，母親就說要把我倒吊在這棵樹上。」

譯註——

＊或稱「長丞」，作為界標、地標及守護神的長柱。

「你都闖了些什麼禍？」

「不是什麼大禍，主要是和弟弟打打鬧鬧，那種時候母親就會說：『我要把你們兩個都倒吊在那棵樹上。』只要一吼出這句話來，我們就會停止大打出手。」

「現在還會有孩子因爲這句話而害怕嗎？」

「現在不太一樣了，好久都沒人說站這棵樹前面會見到鬼。不過有許多人說，站在這棵樹前面時，能與自己的恐懼面對面。半夜來到這棵樹前面，就會看到自己恐懼的東西。」

尤娜與路克在那棵樹的周圍繞了一圈，就算兩人使勁張開手臂，也無法完全環住樹幹。

「你呢？你看到了什麼？」

「小時候我看見了母親。我以前想，好奇怪，媽媽又不是鬼，可是爲什麼只要我站在那棵樹的前面就會看到媽媽呢？現在回想起來，這件事完全有可能，因爲當時我最怕的就是媽媽。自從父親過世之後，我就開始看見父親了。當年我以爲看到變成鬼的父親應該也還好，但事實上並不是那樣。」

「看來你在父親過世之後經常想起他。」

「是啊，就算看不到，也覺得父親一直在看著我，所以有點恐怖。」

「現在還會看到父親嗎？」

路克緩緩地看著樹木。有一群鳥兒飛得很低，將樹葉搖得窸窣作響，接著，一群鳥兒如暴風般飛走之後，路克的眼前看到了尤娜。

「我們走吧？天色太暗了。」

尤娜說道。返回的路上，路克不斷加快腳步，於是尤娜決定走在他的前頭。

「我要拜託你一件事，因爲我覺得有點恐怖。你可以走在我的後頭嗎？後面空蕩蕩的，感覺更恐怖了。」

路克稍微放慢了腳步。尤娜對著後頭如影隨形的路克問道：

「你幾歲了？」

「二十三歲。」

背後傳來了回答。

「你覺得我幾歲？」

「二十三。」

「騙人。」

「不然幾歲？」

「二十三……」

尤娜感覺自己好像眞的變成了二十三歲，彷彿過往的十年蒸發消失了。在這個儘管夕陽餘暉尚未完全消散，但已然由夜晚掌管的時刻，遠處椰子樹的幽暗剪影猶如活生生的動物。他們朝著那頭髮絲參差不齊、搖曳著修長柔軟身段並擁有亮澤肌膚的動物走去。

φ φ φ

尤娜所描繪的企劃內容，是過去十年間所看過的旅遊企劃中最讓人興致盎然的。裡頭還加入可在沙漠中露營兩天一夜的部分，以及在絞殺樹底下有個像天文望遠鏡般，可以將眼睛靠在小小洞口上觀看的活動，整個企劃甚至到了令人稱奇的地步。或許是因爲讓人產生了昔日災難的既視感，所以感覺更爲強烈。這項旅遊企劃只有一個美中不足之處，就是它並不隸屬叢林旅遊劃分的任何災難類別範圍。雖然會以自然災害的方式宣傳，但事實上它並非自然災害，同時，雖然大家也不會知道它有部分是由人類的過失引起，但實際上卻又不完全算是人類的過失。它是一種惡意操作，但當然了，這個弱點可不能被任何人發現。

實際上，目前知道這個計劃始末的只有三個人，就是經理、作家和尤娜。不過，如果把挖洞的人，還有能以直接或間接的方式作證的人都算進去，知情者可說是已經高達了數百人之多。儘管如此，之所以敢自信滿滿地說，只要經理、作家和尤娜閉緊嘴巴，就不會有人四處宣揚這起事件，是因爲分工系統太過精密，其餘的人都只涉及非常零碎的部分。換句話來說，挖洞的人並不太清楚這個洞是做什麼用的，而將屍體送往火葬場的人，也只知道屍體必須冰凍起來而已。駕駛卡車的人只知道那天的目擊者會在哪裡，還有幾點前必須抵達，至於擔任證人的則是拚死拚活地背下自己的台詞。每一個人負責的任務目的和名稱皆不同。

尤娜也相同，這只是她的工作。但是，每次聽到作家談論劇情時，衍生的情緒就像是看了令人傷心欲絕的書或電影，至今仍只覺得一片茫然，無法想像這會是現實生活中即將發生的事。

眞正讓尤娜產生現實感的，反倒不是作家談論的劇情，而是自己的滯留許可證遲遲未抵達。雖然經理說，碰到保羅的業務塞車時，偶爾會發生這種遲到的情況，要她別太過擔心，但經理說的話反倒使尤娜更加憂心。

「如果滯留許可證沒有下來，那會怎麼樣？」

對於已經在美奈待了將近兩週的尤娜來說，很難想像在運動會一週前尚未拿到滯留許可證的意義。其實就算沒有許可證，到現在不也過得好好的嗎？而且最重要的，雙方也已經簽下這項旅遊商品企劃只能由尤娜經手的合約。況且不是還預先拿到了合約金嗎？尤娜很納悶，保羅實際上還能對自己行使什麼樣的權限。

「雖然這只是個形式，但過去從沒有外來人士在未持有滯留許可證的情況下停留一週以上。不過，這算是一種原則吧。」

「原來我現在是非法滯留啊。」

「這只是個形式，還請別太在意，許可證很快就會下來了。先不說這個，企劃進行得怎麼樣了？如果已經完成到某個程度，是不是能讓我看一下？」

尤娜說，現在才剛完成考察而已，而且還需要進行更多考察，才能獲得詳細內容。事實上，尤娜是刻意拖延時程的，就像玩牌一樣，她需要評估適當的出牌時機點。雖然經理很親切，卻不是能輕易信賴的類型，他在各方面都讓尤娜聯想到金。尤娜盡可能當心，免得自己被人操弄於股掌之上，總之她打算盡可能延遲企劃公開的時間。

還有別的原因。尤娜每天早上都會搭著路克的摩托車在美奈的大街小巷中穿梭，而這件事已經超越了單純考察的意義。坐在摩托車上四處奔馳時，會看到美奈的其他樣貌，沙漠不只是沙漠，而像是一頭行動遲緩的龐大動物躺臥在地面上，就連風沙也不再讓人感到刺痛了。不過，尤娜最想要了解的其實是她的同行者，路克。透過路克的目光，美奈的風景變得截然不同。尤娜和路克會一點一點地教導對方自己的語言，一起在美奈散步，而且經常如此。

路克知道許多故事，其中有些是聽來的、看見的，也有他自己親身經歷的故事。美奈有許多空蕩蕩的巷弄，情況不出兩種——有的是人先離開了，也有的是巷子先廢棄了。路克大多是和尤娜繞著那些空巷仔細察看，但有一次路克停在一扇綠色大門前。

「這是小草先前住的家，現在大家都已經搬走了。小草九歲，三年前死了。那是美奈最受歡迎的時候，當時觀光客如潮水般不斷湧入，小草也跟多數孩子一樣到觀光地點去工作。小草做事時手腳很俐落，他主要是靠大家來沙漠旅遊時，幫忙扛行李、搬運行李來賺錢。他幾乎整天整天都在外面工作，即便身體不舒服時也不例外。」

那麼認眞、賣力工作的小草，最後竟是被觀光客的行李給壓死了，死得非常無謂。小草最後一天扛的行李重量幾乎有六十公斤，但相較過去小草扛的全部行李還算是輕的。可以說把小草小小的身軀壓碎的行李是壓力鍋、烤盤和瓦斯罐等等東西，這些全是因爲旅行社安排了在沙漠中央吃蔘雞湯和烤五花肉的行程。小草最後不支倒地，導遊則是爲了行程沒辦法順利進行而向團員道歉，直到觀光客離開之後，小草年幼的生命也跟著終結了。

故事繼續往下，像伴隨著他倆的步伐，但故事的跨幅卻更大、更寬。三年前，某一戶的漁夫一如往常到海岸去工作，最後卻以慘不忍睹的模樣歸來。那裡已經不再是他能隨意出入的海岸，度假村進駐之後，成了唯有觀光客才能享有的區域。擅長以哀戚表情大哭的孩子，也是在三年前突然「獲得提拔」，安排他去沙漠的水上屋布景區。那孩子從頭哭到尾，觀光客看到他，就把相機湊上前去拍照。隨著年紀一天比一天長大，孩子眼中的淚水逐漸乾涸，很自然就從布景區退出了。

接著，路克開始說起一個腰圍四十吋的男性油漆工，以及他的愛人的故事。這個四十吋油漆工有個隆起的大肚腩，很難油漆腰部以下的牆面，所以上工時總是兩人一起行動。腰部以上的牆面由油漆工負責，腰部以下的牆面則由他年邁的愛人負責。兩人必須共同施工，才能將一面牆完美漆好，就連死的時候，兩人也是一塊死的，因爲他們正在油漆的牆面坍塌了。就在牆面坍塌的那一刻，男人望著女人，而女人也望著男人。兩人尚未闔眼，心臟就率先停止了跳動，他們就這麼和房子一起坍陷了。

這是路克的父母的故事。即便整座村莊都倒塌了，還是有人死裡逃生倖存了下來，但路克的父母是死在自己家裡面。對路克來說，故事中的場面要比父母的臉孔更加熟悉，就像已經播放太多次、老舊不堪的膠捲，也因此他才能平心靜地敘述這件事。倒塌的房子還原封不動地在那裡，眞的就像一面牆被打穿似的，而且也沒有屋頂，看起來就像是舞台劇的舞台。牆面會突然倒塌，是因爲高塔在施工的緣故。建設紅沙漠的高塔時，沙漠周圍的住宅基於不明原因坍塌了，當時還有股紅色土堆如洩洪般湧進這間房子。尤娜跟著路克走進屋內，風沙也緊跟在後頭。

φ φ φ

在美奈的一邊，正在面臨沙漠化，而在另一邊，卻在進行都市化。沙漠的面積逐漸擴大，都市面積也逐漸擴增，然而站在沙漠中央時，這一切事實卻彷彿只是某樣靜止的東西罷了。目前人的視野裝不下沙漠的廣袤，也看不到任何動靜，就連四處種植的仙人掌也如警示燈般靜止不動，只有偶爾來去的蟲子所揚起的風沙，以及就算沒有任何蟲子經過，也依然呼呼吹著的沙漠之風。

雖然摩托車停的位置離沙漠有段距離，但由於風裡帶著沙，所以沙漠並未保持距離。路克很努力想要抖落腳下的沙子。摩托車底部有個小洞，腳底刷個幾次就能讓沙子往下排出，可是因爲風不斷帶來沙子，所以反倒不像是在抖落沙子，而像是在替風沙刷下沙粒。

儘管沙漠並不是美奈的全部，但所有美奈人吸吐的空氣中都含有風從沙漠帶來的沙子。無論是在破曉時分釣起魚兒的海邊，抑或是島上的所有道路，說不定連一般家庭裡的沙發或床鋪下方都能發現沙粒的蹤跡。沙漠是美奈的中心，而如今漩渦將開始在那個中心轉動起來。

八點十一分，一號洞開啓，地面也突然往下陷。隨著地面被捲入的同時，上頭的裝飾物與眾多禮物全被吸進了下方，用來準備活動的手拉車和幾個人也跟著一塊墜落了。八點十五分，二號洞開啓，上頭的攤販如沙粒般傾瀉而下，警鈴也跟著大作，瞬間許多人被捲進了洞內。還有，在這所有句子之間，有幾個人的存在是猶如句號與逗號般，負責連結句子與句子，擔任行動與行動之間的重要媒介。這幾個人打出了開始行動的信號，然後有幾個人跳進洞內，另外有幾個人驅車衝進洞裡，還有幾個人負責讓警報聲響起，重點是有幾個人必須拍下這所有情況，以及有幾個非死不可的人。

到目前爲止，尤娜還很難摸清楚眼前閱讀的文字與實際會發生的事件之間存在多少距離。只要一想起星期日的劇情，她就不由得感到天旋地轉。可是，若是站在高塔頂端上，俯瞰不久後將在此處發生的大事，就覺得一切猶如傳說故事般遙遠縹緲。那底下的所有日常都維持著一定的距離，至少是與高塔的高度相當有距離。

然而，一旦繞著螺旋階梯來到高塔的腳下，雙腳緊貼著沙波蕩漾的地面時，又會覺得一切彷彿伸手即可觸及般眞實，一切均化爲現實，而尤娜就站在它的中心。

自從再次展開這趟要說是旅行也不對，是出差也不像的行程之後，尤娜就沒辦法好好睡上一覺，總是在苦惱之中進入夢鄉，然後在還沒從睡夢中甦醒之前就開始苦惱。當翌日清晨太陽升起，尤娜就會多了一丁點的樂觀。當地的這些人需要客人，叢林旅遊也需要有客人，最重要的是尤娜自己也需要客人。只要這件事順利落幕，尤娜不僅可以保住原來的位子，還能與金平起平坐，甚至說不定能爬到就連金都不敢輕舉妄動的位子上。至少，當太陽掛在天上的時候，尤娜能保持這種充滿希望的想法。

不過，有時在太陽尚未下山之前，就會聽到一些她很介意的事，像是闖入度假村海邊的鱷魚最後被卡車給撞死了。這個旅遊企劃並不如尤娜所想，也不如經理所主張的那樣，會爲美奈人帶來許多利益，反而更可能是相反的結果。無論是觀光或旅行，都是現在的經理說服了原本絲毫不感興趣的人們，讓他們加入建設度假村的行列。說到度假村完工之後，觀光客會開始接二連三地湧入時，整座島嶼都陷入了興奮躁動的狀態，但這種情緒稍縱即逝，隨著時間過去，浮到檯面上的都是與期待背道而馳的各種景象。儘管多少有些人聽到「一旦成了觀光地，整座島嶼就能過得更富足」的話後產生期待，但現實生活非但沒有好轉，反而限制越來越多。美奈最美麗的大海成了度假村專屬海岸，除了客人，其他人不得無故在海邊行走。無論是游泳或從事漁業，都只能待在特定區域。要是有觀光客花了五千美元來到美奈，當地居民也不過只能拿到百分之一。若說有什麼改變，大概就只有四、五歲的孩子們能提著在自家製作的手環、笛子，到外頭兜售給觀光客罷了。可是如今卻是連觀光客都寥寥無幾。這些情況的解決之道，難道就只有再次引起觀光熱潮嗎？尤娜心中總不時浮出疑問。

如今尤娜能夠準確地描繪出美奈的地圖了，先前六天五夜看到的只是美奈的一部分，眞正的美奈，需要在六天五夜上頭加上三、四倍的影子。六天五夜期間所拍攝的照片，還有在這之後拍下的照片，兩者之間存在著看不見的裂痕，可是，眞正的災難卻不在兩個世界的任何地方。美奈的災難不在過去，也不在未來，而是處於現今，還是以照片等玩意無法拍下的形式存在著。關於這個種類的災難，尤娜至今還不曾思考過。

鏡頭邊上的一小角出現了路克的身影。那是在沙漠時拍下的。雖然只是一張沒有對焦的模糊照片，尤娜卻沒有刪掉它。液晶螢幕中路克的表情彷彿出現了微微的變化，尤娜對這那畫面凝視了許久。

φ φ φ

儘管尤娜的滯留許可證尚未抵達，但很顯然的是她已經不再被當成外來人士，不然尤娜也不會那麼頻繁地看到卡車，尤其是寫有保羅標記的黃色卡車經常出沒。

黃色卡車時而扮演傳達信件的角色，時而扮演裝載行李的搬運角色，時而又成了肇事的車輛。上下車的人就像火葬場的人一樣，清一色穿著黃色背心，戴著黃色帽子。尤娜先前曾聽到從黃色卡車下來的人們在對話，但因爲內容過於日常，反而想忘也忘不了。

「原本希望可以少加點班，但如果沒了工作，又會覺得不安。」

「我們要像被雨水打濕的落葉，緊緊貼著地面才行，這樣就算有風吹來也不會飛走。」

「被雨水打濕的落葉？不錯耶。落葉啊，倒是沒在這附近見過。」

兩名男人分別坐上駕駛和副駕駛座後，黃色卡車再次全速奔馳前進。那一夜，度假村附近的環島公路傳來了兩起交通事故。雖然大家都會說「又是交通意外」，但所有的交通意外均非出於偶然，只要稍微留心觀察就能得知，也因此尤娜很努力不要深入干涉。

很巧的是，就在美奈的新旅遊企劃接近完成之際，金聯絡上她。金說，現在才收到導遊露的聯繫。尤娜分明就在電話上說過自己掉隊，沒趕上回國的行列，金卻一副好像剛才聽說這件事似的，突然關切尤娜好不好。

「反正那裡不可能續約，盡早收尾後，趕快回來吧，妳到底在那裡做什麼？」

金的聲音聽起來有些疲倦。

「我的位子還在吧？」

尤娜只是隨口開個玩笑，金卻勃然大怒。

「到底要我說幾次妳才懂，最近公司忙得暈頭轉向，原因就出在犯規。所以妳趕快給我回來，妳不會休假時眞的都只在休息吧？總要生出些新的點子吧？」

如果說紅沙漠一帶的住宅、傾頹的巷弄以及面無表情的美奈人絆住了尤娜的腳踝，金就是在尤娜的後頭追殺她的傢伙。金的來電充滿了威脅性，也讓尤娜再度想起當初決心要留在這裡的理由。講完這通電話後，尤娜以前所未有的速度完成了工作，並暗自發誓不讓任何人搶走這個案子。終於，企劃商品的名稱決定好了。

「星期日的美奈。」

是七天五夜的商品。

大海另一端的盡頭，有某種黑色物體在浪濤中翻湧，接著沉沒了。

6

漂流

說到游泳，大海顯得過於陌生，因爲尤娜向來只在消毒過的游泳池內游泳，但此時她二話不說就脫掉了T恤，走入了夜晚的大海。路克就站在那前頭，靜靜看著尤娜的髮絲濕透在水中打散成幾束的樣子，那樣子看上去頗像是鬃毛。月光溫柔地梳理著尤娜的髮絲，梳理著鬃毛，接著在某一刻，尤娜如悠然泅水的動物靠近路克，但很快的，路克就對自己從頭到尾盯著尤娜感到尷尬，於是澈底閉上了眼。

「眼皮拉下了呢。」

夜晚達到頂點的時刻，尤娜說道。

「眼皮拉下了。」

夜晚達到頂點的時刻，尤娜撫觸著路克的上眼皮說道。

「是要別人不要進去的意思？」

尤娜濕漉漉的指尖滑過路克的上眼皮，往下來到雙頰和嘴唇。

「眞的是那個意思？」

路克沒有說話。

「你爲什麼閉著眼睛？」

「睜開眼睛的話，會覺得妳看起來過於龐大。」

就在路克正打算抬起眼皮的瞬間，尤娜的雙唇極其短暫地，落在了路克閉上的眼睛上頭，接著再次稍稍拉開了距離。這次，換路克的嘴唇碰觸尤娜的頸項，然後又輕輕地離開了。他們就在眼睛無法張闔，而嘴唇和嘴唇也無法有更多碰觸的狀態下，待了很長一段時間。尤娜渴望更強烈地擁抱路克濕漉漉的身體，渴望吸吮路克粗糙的嘴唇和消極被動的舌尖。兩人的呼吸聲一來一往，如此狂野急促，但波浪隱匿了一切。他們靜止不動，唯有波浪不斷搖曳著。

直到看著尤娜走進小屋，等她房裡的燈光熄滅之後，路克才轉頭離開。在燈光熄滅的房裡，尤娜思緒紛飛，當身體與路克緊貼在一起時，當全身的重量幾乎全數轉嫁給路克時，他那變得急促的呼吸聲；還有，也許此刻路克仍靜靜坐在能看見這個房間的某處。尤娜再次打開了小屋的燈，按下遙控器的按鈕，打開了眼皮的指示燈。不久後，她聽見了敲門聲。度假村將某一面讓給了大海，讓波浪聲撫慰在內部發生的所有對話。波浪猶如催眠曲的旋律般來了又去，去了又來。

直到早晨，尤娜的小屋都沒有拉起窗簾。小屋的眼皮呈現拉下狀態，就像希望能永遠維持狀態不變那般沉睡著。直到過了中午，尤娜才感覺到飢餓。

「您很讓人意外呢。」

午餐時在度假村遇見作家時，他挖苦說道。

「那傢伙被解僱了。」

尤娜把作家的話當成耳邊風，朝著大廳走去。

「既然他玩弄了韓國女人，就不能坐視不管嘛。」

「您到底想說什麼？」

「我看到了，全都看見了。我不經意看到他原本打算闖進去，但說來說去，這應該算是雙方過失，所以我就走掉了，不過這話題還是就此打住吧。」

「他沒有玩弄我。」

「那麼，難道是有金錢交易嗎？是那傢伙兼差了嗎？」

「情侶在一起有什麼問題嗎？」

「情侶？」

「來自首爾的女人和住在美奈的男人，難道就只是劇本上隨便寫寫的？美奈的夜晚這麼無聊，男女朋友一起過夜不也很自然嗎？就劇情來講，這樣不是更自然一點嗎？」

作家似乎略顯吃驚，他一邊拿文件當扇子搧風，一邊說：

「原來劇本洩漏出去了，這該死的小破島嶼，保全做得眞爛。」

「黃俊模先生，沒有必要連我都騙吧？我可沒想到自己會出現在那個劇本之中呢。」

「也沒必要告訴您啊。我原本想加點愛情故事放進去，但上頭的人三不五時就干涉角色的設定。現在還沒分派到任何角色的人根本沒幾個，不過，假如會傷害到您的話，我又怎敢那樣做呢？就算之後公開了這個劇本，您也幾乎是主角等級呢，您會成爲女主角。」

在這個必須繳交企劃的時間點上，作家說的話成了最好的證明。在作家的劇本中，尤娜也是一名旅遊企劃，這個設定讓尤娜再次深刻感受到自己的確身在美奈，以及在這裡制定旅遊企劃的事實。這麼看來，沒有人能把這個企劃從尤娜手中搶走，一想到這點，尤娜就覺得劇本如此安排也沒什麼壞處。

「全部都按照黃俊模先生您的劇本走，也沒有壞處嘛，不是嗎？」

「偶爾會發生那種情況，就是演到最後無法區分現實與戲劇的情況，您現在就有點像是這個狀況。不過，爲什麼偏偏是那傢伙？和您一點都不相配啊。」

因爲經理找他們去，所以兩人來到了辦公室，只見經理難掩焦躁的神色，因爲就在前一晚，距離美奈不遠處發生了規模八的地震。這場地震並未影響到美奈，但經理的心情卻大受影響，原因就在下半年要進行的那個災難劇本企劃。他一副戰戰兢兢的樣子，就怕另外那個成了廢墟的小島會成爲熱門候選區。

「那裡三年前也拿到了災區重建專案的補助，要是這次又選上那個地方，我們一切的努力就會付諸流水。」

鄰近區域發生災難，引發的卻是美奈的競爭之心。聽到那場強烈地震給鄰近島嶼帶來災害，光是死者就超過了兩百名的消息，經理再也無法安坐了。他將地圖反覆打開，又摺起來，還數次向作家和尤娜確認事情能否順利進行。現在就唯有「八月的第一個星期日」這項計劃能夠拯救這個躁動不安的經理。他們開始再次逐一檢查計劃的每一個環節，但他們原本打的如意算盤和辦公室傳出的新聞內容有了模糊的重疊，甚至最後還無力地輸給了新聞。在鄰居遭逢的眞實災難面前，他們的計劃猶如荒誕無稽的舞台劇。

經理忿忿地關掉了新聞畫面，打開一瓶威士忌，這時外頭剛好下起一陣暴雨，至於室內天花板上的枝形吊燈則如搖籃般規律地搖晃起來。燈光像是稍微被煙燻過的昏黃色，讓人不自覺地隨著酒精沉醉。尤娜坐在下方，經理和作家坐在另一頭。經理看上去很焦躁，原本興致高昂大聲吆喝說話的作家，反而在酒酣之際安靜了下來。不過此刻尤娜的內心卻異常平靜，因爲，鄰近島嶼上發生的地震，才像是不折不扣的實相，相較之下，美奈這裡就像是難以捉摸的虛影。在這一片虛影朦朧之中，尤娜似乎還冷不防地說了句：「別把事情鬧得太大了。」

「別再喝了。」

經理收掉尤娜的酒杯後說道。

「高尤娜小姐，您必須想的是，雖然有人會因天坑而喪命，但也有人會因天坑而生存下來。還有，活著的人要比死去的人多上許多。」

「所以啊，這就像是救生艇，」他說，「爲了公平起見，總不能讓所有人都留在沉沒的船上嘛，活下來的人，也總得活下去嘛。」所以，如同經常上演的陰謀論，他們打算爲了多數人而放棄少數人——就像刨去馬鈴薯表皮的嫩芽，就像取出卡在皮肉間的子彈，就像必須爲了留下的東西而放棄什麼。只是，又有誰會想要當那個少數呢？

人們在已經變成過去式的災難面前總是循規蹈矩、英勇無比，可是碰上現在式的災難卻略有不同，要不是沒意識到災難臨頭，不然就是意識到了也選擇坐視不管，再不然，就是在意識到的同時成爲幫凶。此時發生的天坑現象並不在另一頭的沙漠，而是在看不見的地方。

φ φ φ

先前目擊的卡車事故的畫面，不斷在尤娜的夢境中出現。雖然尤娜一點都不想看到司機和死者的臉，但在夢中，一股強大的壓力迫使尤娜必須抬頭直視他們。而夢境總是停在即將看見犯人或死者臉孔的那一刻。

「妳還好嗎?」

路克靜靜地注視尤娜，路克的眼眸深處能望見美奈的夜空。企劃雖以迅雷不及掩耳的速度進行著，罪惡感卻總在尤娜的背後如影隨形。她只是經常遺忘，路克帶領她看見的美奈，還有自己正使用利刃裁剪的美奈是同一個地方。與路克同行時，她對待美奈的一切顯得小心翼翼，而能使她從這種矛盾混亂之中澈底解放的，就只有路克。跟著路克，尤娜來到了紅樹林。

「這是治癒之森。」

「沒想到這裡面這麼寬敞。」

「只有入口窄了一點，進來之後別有洞天。」

他們登上一艘小艇，駛入了森林深處，那兒是保羅的卡車唯一無法進入的地方。樹木密布成網，簡直就和沼澤沒有兩樣，因此汽車也沒辦法駛入。能夠出入此地的，就只有一艘細細的小艇而已。他們在這裡談天說地，度過了午後時光。他倆一動也不動地擁抱著彼此，彷彿一旦有任何動靜，就會被時間吞噬似的。

那天晚上，回到小屋後的尤娜才剛沖完澡時，有人敲了她的房門。

「是我。」

是誰？尤娜打開了門。女人將帽沿壓到最低，她似乎是偷偷來找尤娜的。雖然不認識對方，但又覺得她看起來很眼熟。尤娜先讓那女人進入房內，女人身上散發出陌生的氣息，她遞給尤娜的一疊紙，是作家的劇本。這個女人難道也知道什麼嗎？尤娜想要仔細看清女人的臉，但只在帽沿下方看到稍微露出的嘴型，不知為何她看這女人很不順眼。尤娜再次將那疊紙推到女人面前。

「抱歉，劇本是作家負責的領域，不隸屬我的業務範圍。」

女人試圖想要解讀尤娜的表情，但幸好房內有些昏暗，陰暗的間接照明適當地遮掩住尤娜的表情。一陣沉默在空氣中流淌，女人目不轉睛地盯著尤娜，眼神似乎有些不安，又似乎顯得很急切。

「如果沒有急事，可以等明天早上再說嗎？我現在累了。」

尤娜轉身的剎那，女人伸手抓住了她的手肘，力道如絞殺樹的樹根一樣粗猛堅韌。女人慌張地說：

「妳沒有讀過完整的劇本吧？請看一下這個。」

尤娜再次轉頭看著女人，偶然瞥見了女人的眼睛——內雙、褐色的瞳孔，雙眼還是濕潤的。女人說：

「不能讓任何人知道我來這裡，可是，我也不能不來。」

「妳想說什麼？」

「只要讀了這個劇本，妳就會懂了，但這並不是一件小事，必須阻止事情發生才行，妳不認爲這是屠殺嗎？」

「請去向經理說吧。」

「妳非知道不可。」

「是嗎？我又不認識妳，也不知道爲什麼必須聽妳說話……」

「屠殺，妳此刻在策劃的是一場屠殺。」

說時遲那時快，尤娜隨手拿起東西扔向女人。雖然手裡拿的是床頭的靠枕，手感卻像是石子般堅硬。靠枕沒扔到女人面前，就直接掉到了地面，就連尤娜自己都無法控制湧上心頭的怒火，只覺得那女人很討人厭。尤娜拉高音量說：

「就我所知，是有人報名參加的，決定報名參加演出的人，是能領到報酬的。這是報名的人和僱用他們的人之間的事，我們什麼也不能做。」

「我們？」

「我，我什麼也不能做。」

尤娜看著女人，女人則帶著輕蔑的表情嘲笑尤娜。女人說：

「只要看過劇本之後，妳也會知道的。有些人根本就沒有申請其中任何一個角色，可是卻在不知不覺中被分派到角色。他們根本就不是出於自願，卻被納入這齣該死的劇中。也就是說，在這裡，從鱷魚七〇號到鱷魚四五〇號全都得平白無故地送死，這些鱷魚甚至連台詞都沒有，就連排演的機會也沒，他們就只是來送死。即便大部分的鱷魚都活著，有些角色仍然非死不可。妳真的不知道這代表什麼嗎？」

「妳不是說是鱷魚嗎？鱷魚哪會有什麼台詞？」

「妳知不知道鱷魚是誰？難道妳到現在還沒看懂這些鱷魚代表的是

什麼嗎？」

尤娜轉過頭。確實如女人所說，她曉得那些鱷魚指的是誰——住在紅沙漠下方「注意鱷魚出沒」區域、惹保羅不快的那些人。如今那裡雖然沒了鱷魚，但在那裡來來去去的人被統稱爲鱷魚。經理三番兩次地說，注意鱷魚出沒區需要整頓。只要到了雨季，鱷魚群就會跑到陸地來，製造問題，還有年幼的鱷魚也越來越多了。

「美奈可沒有大到能容得下這些鱷魚。而且你也知道的，鱷魚很危險。」尤娜想起經理曾經這麼說過。

但這些話不是用尤娜的母語說的。對尤娜來說，這些都只是異國的陌生語言，所以她保持沉默，因此也很難忍受有人打破這個沉默。

「妳爲什麼要告訴我這些？」

「妳必須知道這些，妳必須知道經理的計劃是什麼，還有這場大屠殺具體會以怎樣的手法去進行。」

「那些我都不知道。」

「裡頭有句台詞這麼說，『聽說約有三百人會在雨季回來，然後等到乾季就離開。對那些人來說，美奈也應該算是他們的故鄉啊。眞是太悲慘、太令人難過了，先前我還遠遠的看過他們幾次呢。眞是難以置信，住在那裡的少女相當惹人憐愛啊。』」

「妳在做什麼？」

「這是我的一句台詞，意思是，那些鱷魚要等死了之後才會被看成是人。爲了讓美奈上演一齣慘絕人寰的悲劇，他們成了代罪羔羊。妳不知道劇本裡有這句台詞嗎？」

「不知道，那是誰的台詞？我又爲什麼要相信妳？」

「這是我的台詞，妳現在願意相信我了嗎？」

鱷魚們沒有台詞，尤娜知道的就只有這些。至於鱷魚們會以何種方式遭到屠殺，尤娜不知情。事實上，她很害怕知道這些。

「抱歉，這不在我的能力範圍之內。」

聽到尤娜的話後，女人果斷地搖頭。

「妳可以辦得到。」

「請出去吧。」

「我是鼓起勇氣來到這裡的，高尤娜小姐。」女人在尤娜的背後說道：「我會這麼痛苦，是因爲這件事的開展我也有份。剛開始當然不知道事情會鬧得這麼大，但如今在我眼前的洞口要比計劃中的更加巨大，甚至大到無法控制的程度。我很懊悔，但我希望妳不會步上後塵，我是眞心的。」

尤娜用力地推開女人，她加強了手勁，把那女人推得連連後退。好不容易打開門，把女人趕出去之後，度假村的燈光從敞開的門闖入，令尤娜一時目眩發暈。獨自留下的尤娜不禁開始思考，關於那個要比計劃中更巨大，大到無法控制的洞……

φ　φ　φ

徹夜未眠的尤娜在隔天早晨睜開眼睛時，發現天花板的吊扇往下墜了好幾個手掌的距離。尤娜恨不得趕緊去吃早餐，以及苦惱該怎麼挑選雞蛋的料理方式。最近作家幾乎都不吃早餐，所以在獨自享用完早餐之後，尤娜穿過空無一人的庭園，再次回到了小屋。就在她想把昨夜的事當成是一場夢的時候，桌面的劇本映入眼簾。尤娜一把抓起劇本，直接扔進了垃圾桶。尤娜從來都沒看過這件事的整體設計圖，剛開始當然連結局都一清二楚，但現在劇情早已超出尤娜所知道的範圍。不知道的事情越多，也就越不願意去思考它。

在這個計劃中，沒有任何人是直接持刀砍人，或者扮演伸手把人推到洞裡去的角色，只不過被犧牲的人們沒收到通知罷了。然而，就結果來看，這件事會導致許多人在洞底遭掩埋。關於這件事，人們都保持緘默，也許從某種角度來看，這確實可說是一種屠殺。但是這場屠殺卻沒有負責人，而是在精密的分工之下，大家各自全神貫注完成自己被交付的工作，就連尤娜也不例外。儘管剛開始聽到修正後的計劃，令尤娜很吃驚，但過了幾天，衝擊感便慢慢退去了。尤娜偶爾會思考這件事的整體架構，但想到最後，得到的結論往往都是「自己所做的，終究也只是事發之後負責制定旅遊企劃罷了」之類的自我安慰或辯解。假如有人直接要求尤娜把人推進洞裡，她必定二話不說斷然拒絕，但正因爲不是直接唆使她殺人，所以尤娜保持沉默，而且越是習慣自己的位置，她就對於她的工作會造成什麼樣的影響越是遲鈍無感。

只是，尤娜經常會做夢，夢境帶著尤娜來到了全新的世界。那個夢，是關於完工之前，以及完工之後即將崩毀的世界——腰圍四十吋的男人與他的愛人合力完成牆面油漆，吊床底下的老狗不停在打盹，年幼的孩子在練習怎麼哭得傷心，還有破舊的摩托車在沒有鋪好路的路上奔馳的世界。

尤娜知道那並不是夢，因爲在美奈的某個角落，那個世界被打造成了巨型布景。但它極其逼眞、完美重現，甚至不讓人覺得那只是布景。尤娜走了進去，看見油漆工與他年邁的愛人站在遠處。儘管只有背影，儘管他們背後有好幾台相機，但那個情景與尤娜透過路克的目光窺視後，在腦海中建構的畫面如出一轍。那是路克的世界，如今也是尤娜的世界，但它很快地就要坍塌了，就像骨牌一樣，嘩啦地散落一地。剛開始以爲會與尤娜毫無關聯的某個積木，瞬間就來到了她的面前。

劇本還在垃圾桶裡。雖然很希望它能消失不見，但誰也沒去動它，就這麼原封不動地放在裡頭。尤娜最終拾起了劇本，接著讀到了意想不到的故事發展——就在尤娜返回韓國之後，有人會在一號洞發現路克的屍體。而最後一幕會是，尤娜獲知失去戀人之後仰天悲號。

φ　φ　φ

「在我的劇本中，戀人是有期限的。妳沒預料到這件事嗎？如果不是悲劇，我何必把愛情故事放入呢？」

作家不耐煩地說道，他說自己從沒寫過幸福的結局。因爲要求他寫作的人之中，沒人期待那樣的結局。尤娜著急地抓著作家。

「這是你的劇本，只要按照你的喜好去寫不就好了嗎？你想殺死路克嗎？並不是嘛！」

「我可是連一隻螞蟻都不敢殺死耶。誰會想要殺害無辜的人？但我是人家請來做事的寫手，而這是一個各司其職的分工系統，所以我的任務範圍就只到這裡而已。」

這就像是食物鏈一樣，作家的後頭有經理，經理的後頭有保羅坐鎮。作家補充說道：

「從這個面向來看，妳不也脫不了干係嗎？所以啊，我一開始不是就說路克不適合嗎？趁現在趕快收收心吧。喂，尤娜？」

尤娜跑向了經理的辦公室。尤娜邊跑邊想，她非得拯救路克的性命不可，倘若作家的後頭是經理，那她就去見經理，倘若經理的後頭是保羅，那她就要去見保羅。倘若連保羅都說自己的後頭還有別人，那麼到時該將這支箭射向誰呢？在保羅的背後操縱的人又會是誰？太陽逐漸西沉了，但經理並不在辦公室內。

但是在另一頭，尤娜看見昨天夜裡來找自己的女人，雖然沒辦法看到女人的表情，但光是她的存在本身就帶來了壓迫感。尤娜回到小屋內，取出了整理好之後放在抽屜內的企劃，她能做的，就只有這件事。

新企劃中新增了紅樹林的項目，尤娜運用環保旅遊的概念來包裝它。關於紅樹林的生態，路克比任何人都清楚，這件事也同樣明確地寫在企劃中。

「路克？是說我們度假村的路克嗎？」

雖然經理對這意想不到的變化有些驚慌，但尤娜說明，無論是路克知道的有關美奈的悠久傳說或自然景觀的知識，對叢林旅遊的新企劃來說都是不可或缺的。

「路克這位朋友的地位，變得非常重要啊。」

聽到經理的話之後，尤娜垂下了頭，以免被經理看見自己的表情。

「您究竟想要要求什麼呢？」

當經理用一種彷彿對一切了然於心的口吻詢問，尤娜知道自己的心思終究還是暴露了。如果面對是經理，說不定還有機會扭轉情勢。尤娜最終坦白地開口要求，希望不要傷害路克，並表示不想要自己返回韓國的時候，路克卻葬送性命的結局。

經理盯著尤娜許久，表情似乎很意外。

「那麼劇本就要大改了，這樣也沒關係嗎？」

尤娜點了點頭。

近十年，洪水與颱風占全世界災難災害的百分之八十一，死亡人數最多的是地震，這些數據對尤娜來說向來都只是工作內容，但是對現在的她來說，最大的災難是自己的情感。尤娜惶惶不安的情緒猶如不知何時會爆炸的地雷，但她並不想被經理看穿。這個地方跟我離開的叢林沒有兩樣，是另一個叢林。可是，尤娜此刻已經沒有別的選擇餘地。

八月的第一週，時間緩緩朝著星期日流動。一想到那個「八月的第一個星期日」即將來到眼前，尤娜的心情分外沉重，甚至還會倚靠著絞殺樹站立，用以撫慰這份沉重的壓迫感。深沉的夜，只帶來全然的重量。雖然第一次和路克來到這棵樹底下時心生恐懼，但如今回想起來，那並不是眞正的恐懼，當時尤娜沒有什麼能失去，也沒有需要守護的東西。但她現在似乎有些明白了，在這棵樹下碰見的恐懼是何物。那是一種悲傷，而不是令脊椎發寒的某樣東西，那是無限揪心的悲傷。也許，原因出在自己和這裡，和美奈親近過了頭。

總而言之，路克很安全，不會受到這齣災難劇的影響。經理說，他會在那個時機派路克到越南去。只要想到有這個安排，就覺得自己至少能夠緩口氣了，很像是頭頂上再次打開了一扇窗。

摩托車停在沙漠前面時，尤娜說，現在一切都結束了。勘查老早就結束了，而路克也知道，她其實在這小小的美奈的相同地點繞了好幾次。

「妳要回國了嗎？」路克問。

「大概吧。」

「路克，你要跟我一起走嗎？」

尤娜情不自禁地說出了這句話，甚至在她的腦袋允許之前，就已經先脫口而出。她當然是出自眞心，但路克大概沒辦法離開。兩人不是只共度了三週嗎？尤娜毫無自信他會怎麼想。就算路克說願意和她一起回去，接下來又該怎麼辦？她眞的很害怕。眼前正在下一場流星雨，尤娜說的話猶如空氣中的回音，只在自己的耳畔縈繞。

未完成的高塔猶如一座矗立於沙漠的燈塔，若是拿手電筒從塔上往下照，無法得知底下的深度，反過來拿著手電筒從底下往上發射光束，也無法觸及高塔頂端。這時身在寂寥黑暗中的路克開口說：

「妳看過大腦的影像嗎？」

「不確定。」

「我見過。當人開始思考時，大腦內就會產生許多變化。我看到的影像捕捉了那些變化，感覺就像在看聖誕樹一樣，它就像燈泡一樣開開關關，一下子亮，一下子暗，閃爍個不停。」

「你看過聖誕樹？這裡是熱帶國家耶。」

「每個地方都有聖誕樹。」

說完之後，路克兀自笑了。

「事實上，我是在度假村設立之後才親眼見到。相較於聖誕樹，我更常看到的是那些星星。這麼一說，大腦的影像也跟那片天空有點像呢，因爲亮白的星星也是在黑色背景上頭閃閃發光。」

尤娜跟著路克一起凝視夜空，直到下一刻聽到路克顫抖不已的聲音，她的眼眶也跟著盈滿了淚水。

「當我想起妳時，妳就會像那些閃耀的星星一樣，在我的大腦中發光。雖然妳我都無法親眼見到，但我的大腦一定會如星星般不停閃爍的。」

那是一個悄然無聲，成千上萬仙人掌隨著星星的角度高低錯落，面向掛滿繁星的天空勃起的凌晨。路克將手伸進了T恤，兩人覆蓋的毛毯滑落了。路克將頭塞進了T恤的洞口之間，而就在躲進T恤內的那短短幾秒，路克的眼眶濕了。路克以那樣的一雙眼望著尤娜，隨著天色破曉，路克的臉有了生氣，他輕聲呢喃：「我會想念妳的。」

美奈的一天就這麼拉開序幕，而那是他們最後一次見面。

美奈按照劇本展開了行動，恰到好處的緊張感似乎也爲土地和大海賦予了黏著性，落入漁網的漁獲特別多。儘管漁夫見到這突如其來的大豐收之後多少有些詫異，但這對他們來說也不算什麼壞事。不少人拖著裝滿死魚的手拉車，甚至整條路還擠得有些水洩不通。此外，還能看到有些人像是在裝飾聖誕樹似的，在沙漠的高塔和部分道路安裝監視器，警報器也像是大繁殖似的增加許多。每件事都緊鑼密鼓地進行著，但也出現一些瑣碎的小問題——有幾個人不見了，但他們是死了還是離開了，無從得知。男人一一號、女人一五號和女人一六號不在崗位上，但這可不是少了幾個零件就無法運轉的機器，空缺馬上會有其他人遞補。

尤娜曾親眼目睹幾起交通事故，所以如今已不再像第一次目擊那樣飽受衝擊，頂多只會覺得剛死去的人的臉孔看起來更陌生一些了。其中還包括了先前來找過尤娜，詢問關於鱷魚一事的女人，但就算親眼目睹女人被黃色卡車撞死的瞬間，尤娜依然無法肯定那是夢境還是現實。那個女人，大概是真的消失了吧，因爲不知從何時開始，再也見不到女人如幽靈般不時在度假村內遊蕩的剪影。

女人原本是能在夜裡進出經理房間的人，但現在有別人扮演那個角色了。

「我們只要處理掉鱷魚問題就成了。」經理這麼說。「只要丟出誘餌，他們就會自動聚集成群。他們念茲在茲的只有一件事，就是居住許可證。他們難以抗拒啊，對吧？」

那女人想打聽到的就是這個。鱷魚們是怎麼朝他們的死穴聚攏過來。

經理說的話逐漸在尤娜的腦海中拼湊出完整的畫面。儘管尤娜竭力想對這個劇本遲鈍無感，但八月的第一個星期日卻不時出現在夢境裡。正當比運動會要早兩小時集合的鱷魚們，爲了自己能取得居住許可證而欣喜若狂之際，他們雙腳底下會出現地獄般天崩地裂的噩夢。

那並不是夢，是數日後即將成眞的現實。

唯有想起路克的時候，才能使尤娜逃離沉重的現實。儘管並不是完全有效，因爲一想起路克，她也自然會跟著想起鱷魚們。

到了經理派路克到越南出差的那天，尤娜終於放下了心中的大石頭，現在路克會等到事情結束之後才回來。可是，平靜的心情並沒有維持太久。就像在替補缺少的零件似的，尤娜收到了郵件，但那並不是等待已久的滯留許可證。因爲在印有保羅白色標誌的黃底信封裡，出現一段意想不到的句子：

「妳受僱爲鱷魚七五號，沒台詞，僱用酬勞爲三百美金，將在事件發生的同時匯入妳的帳戶。」

尤娜再次確認信封的裡裡外外，但除了那句話之外別無其他訊息，而且收信人的確是高尤娜。尤娜的心臟跳得好快。鱷魚七五號？這是什麼意思？是和女人一號、女人二號、女人三號一樣的角色嗎？那一瞬間，尤娜想到先前跑來自己房間之後消失的那女人說過：

「從鱷魚七〇號到鱷魚四五〇號全都得平白無故地送死，這些鱷魚甚至連台詞都沒有，就連排演的機會也沒有，他們就只是來送死。」

一定是哪裡出了差錯。尤娜等待的不是這種僱傭合約書，而是滯留許可證。她等的並不是一份酬勞三百美金的工作，尤娜的性命也不只三百美金，時間猶如骨牌般朝著尤娜快速傾倒。

尤娜拿著信封離開小屋，她連雨傘都沒帶，冒著雨奔跑著。她必須去某個地方不可。尤娜痛苦不已，因爲路上遇見的每個人彷彿都在看著她說：「聽說這女人是鱷魚七五號。」

她去找了經理，他卻不在辦公室內，作家的小屋也同樣房門深鎖。作家的房門上有好幾個令人觸目驚心的塗鴉，應該有好幾批人對自己分派的角色心懷不滿或大感恐懼而跑來這裡。可是，作家不可能讓尤娜擔任這種配角。作家與尤娜不是同一國家的人嗎？一定是哪裡出了差錯。尤娜另外有個「尤娜」的角色要扮演啊，可是哪來的鱷魚七五號？這是什麼意思？尤娜打了電話給印在信封下方的負責人，這位負責人是男人三四號，雖然電話很快就接通了，但他的回覆毫無特別之處。

「我只是負責接收指示，把妳的角色傳達給妳罷了，因爲我的角色就是做這個。妳問爲什麼？我也不知道詳情，那不在我的任務範圍內，那麼龐大的計劃我也不太……」

大概那些戴著印有保羅標誌帽子、身穿保羅背心的人，都只會講這類的話。

「接下來的事我就不清楚了，因爲我的工作範圍就只到這裡。」

「那件事不在我的任務範圍內，我只負責到這裡。」

「這不是我的業務，我會替您轉接相關部門。」

「啊，電話中斷了？我再替您轉接一次。」

接著在某一刻，電話不是轉到保羅，而是轉到了叢林旅遊的客服中心。

「我在等的是滯留許可證，如果沒有核發的話，那我現在只要回到韓國就行了，爲什麼我要被僱用爲鱷魚七五號？我根本就沒有要求演出這個角色！」

尤娜沒有說出這些話，而是直率地說：「我想回韓國。」話筒的另一頭傳來手指在電腦鍵盤上輕快敲打的聲音，聽起來又像是刷卡機嘎嘰嘎嘰吐出發票的聲音。這些噪音莫名地讓人平靜，這時對方說：

「想必您應該事先讀過了合約，旅遊行程是無法中斷的。」

「我不需要退款，什麼都不需要，只要幫我個忙，讓我回去就行了。」

「我不是在跟您討論退款事宜，而是旅遊行程本身無法中斷，您必須待到約定的日期爲止。」

「……爲什麼？」

「條款上是這麼寫的。」

從另一頭傳來的制式化口吻，聽起來既熟悉又陌生。

「假如我生病或發生狀況，不是就能結束旅行，回到韓國嗎？」

「小姐，您是以有別於一般旅客的商品組合來簽約的。我看了一下，您是以出差性質簽約的呢。您沒有另外支付旅遊費用吧？既然是以公司出差的概念前往，那就無法中斷行程。」

「拜託，能幫我轉接金朝光組長嗎？我親自跟他說。」

「他離職了。」

尤娜的腦中頓時一片空白。就算再次確認，也只聽到金朝光組長已經離職的答覆。對方說，關於離職事由，無可奉告。尤娜趕緊又轉說要找導遊，要找叫做露的導遊，可是對方回答露正在出差，所以聯繫不上。如同最後一張骨牌撞上自己的太陽穴般，尤娜最終投降似的說道：

「那我也要離職。離職之後，就能按照我的想法去做了。」

「出差時離職的相關規定，只有本人死亡才可成立。」

「拜託，拜託，拜託了！」

「我們會確認除此之外的其他可能性，之後再跟您聯絡。」

通話就這麼結束了。尤娜知道，對方不會進一步確認。

尤娜全身無力地癱坐在沙發上，久違地注意到天花板吊扇正大咧咧地張開八隻腳，盯視著自己。她按下了遙控器的「Do not disturb」按鈕，可是小屋的眼皮卻沒有降下。無論她怎麼按，遙控器都文風不動。如今眼睛已經脫離尤娜的意志，訴說著別的語言。

尤娜留心望著逐漸降下夜幕的天色。不知道是眼睛出了什麼問題，又或者是心情作祟，她總覺得天上好像寫著文字，因此她反覆地張開、閉上眼睛。定睛再看一次，那些若隱若現的文字是左右倒著寫的。假如它們眞的是文字，就代表讀者並不在尤娜這一側。

注視著左右顚倒的難解文字，尤娜聯想到了其他混亂顚倒的事情，好比劇本中悲劇性的戀人也顚倒了嗎？是在經理面前暴露自己的情感而導致命運遭到改變了嗎？經理之前問：「劇情改了也沒關係嗎？」指的是這個意思嗎？尤娜撫了撫冒出雞皮疙瘩的手臂，後頸也感到一陣涼意。作家說，保羅希望有個悲劇性的愛情故事，尤娜卻拜託他不要殺死路克。那麼，最終爲了實現悲劇而被選中的人換成了自己嗎？是有人決定了這劇本最終兩人之中必有一死嗎？尤娜的腦海浮現了無數種情況，接著那些想法分岔轉成過去瀏覽的死亡日期網站的畫面，然後一切嘩啦啦地化為散沙。

此時此刻，尤娜的壽命肯定也在遞減，所有人都不例外。可是，她怎麼會是鱸魚七五號？尤娜覺得彷彿聽見了敲門聲，心跳頓時漏了一拍。她走到門邊，試著想要察覺外面有什麼動靜，敲門者卻不發一語。

「路克？」

「路克？」

明知路克出差去了，尤娜仍迫切期待敲門的人會是他。已分不清是尤娜率先打開了門，抑或是門自行先打開了。門前沒有任何人，又或者所有人都在。尤娜開始奔跑，最後來到了絞殺樹的下方。尤娜看見那個東西低垂無力地掛著。掛在樹上的，正是尤娜先前弄丟的一點五雙鞋子中的一只。尤娜不懂那東西為什麼會在這。接著，她看見的是孩子的塗鴉本。許久前女教師的孩子畫的那些畫，那本塗鴉本隨風翻過一頁又一頁，彷彿在展示漫畫電影的草圖。畫中虛弱無力地倒在地上的老狗，在某一刻突然站了起來，然後開始奔跑。老狗循著某種氣味縱身跳入了坑洞，接著被人發現死在了裡頭。狗兒化身成爲護主忠犬跳入坑裡，這個膾炙人口的故事彷彿在孩子的塗鴉本中眞實上演。一個將保羅的帽沿壓得很低的人，啪的一聲闔上了塗鴉本。那個保羅員工抬起頭之後，尤娜看到那人竟是因爲太過熟悉，反倒顯得陌生的自己，是自己的嘴型、自己的鼻樑與眼睛——內雙眼皮、褐色瞳孔、帶著濕潤感的眼睛。尤娜甚至發不出驚呼聲，她對站在眼前的自己心生畏懼，甚至沒有發現身子抖動得多厲害。

「請去問保羅吧。」

另一個尤娜說道。「不過，保羅實際上並不存在，這點難道妳不知道嗎？」聽到這句話，尤娜的雙腳頓失力氣，一屁股跌坐在地。接著，另一個尤娜開始在樹叢之間奔跑，尤娜也跟著跑，因爲她覺得如果不追趕上去，自己就會被抓到。就在尤娜奔跑的時候，無數黑螃蟹跑上岸，而鳥兒則像是被彈向遠處似的，一口氣全振翅飛向高空。不知不覺地，尤娜不再是追逐者，而是被追逐者。所有生物都目擊了發生在尤娜身上的事。如長柱地標般聳立的椰子樹、撤退的鳥兒，以及藏匿在暗處發出嗚咽的動物，全成了目擊證人，看著兩只發出刺眼光芒的大眼珠子朝尤娜全力衝刺——它轟轟然發出巨響，以笨重龐大的身軀衝撞尤娜，而且僅只一次撞擊，尤娜就無力地倒下了。而在兩隻大眼珠子反覆倒退與前進之間，尤娜吃力地抬起了頭，可是她只看見殺氣騰騰、怒目瞪視的車前大燈。尤娜朝著駕駛座張大了眼睛，但很快的，巨型鐵獸便從她纖細的頸子碾壓了過去。

φ　φ　φ

時間稍作暫停。尤娜的眼前出現了兩扇半拉起，讓晨曦送入機艙內的窗戶，那是兩隻半閉，不，是兩隻半張的眼睛。尤娜朝著窗戶伸出了手，但窗戶忽遠忽近。尤娜心想，究竟是從哪裡開始出了差錯？現在，尤娜再次在粗實的電線綿延的街道上奔馳，回到旅行的起始點。順著猶如一綑髮束般的電線，經過美奈的所有巷弄、越過大海，或許尤娜就能回到來時的路徑。尤娜在腦中不斷搜尋，試著尋找最初導致自己走向歧路的起點，可是說到頭，此刻是無數個瞬間的延續，找不到哪裡有什麼中斷的點。尤娜喃喃自語「這不是我的角色」，但在滿腹冤屈的盡頭，她邂逅了難以言喻的安心感。倘若路克能代替自己活下來，那至少應該感到欣慰吧？在就連自己都無法置信的情感起伏之上，尤娜持續漂流，同時眼皮是半閉的。尤娜持續漂流，半張半閉的眼皮看不出她的意思是想留在異國，抑或是選擇回到母國，究竟是「我已做好回國準備，所以抹掉我內心這些痕跡吧」，又或者是「我尚未從這場夢醒來，所以就佯裝不知情，讓我繼續睡吧」。

尤娜再次使勁撐開雙眼，然後最終閉上了。風沙吹拂過尤娜的雙頰，鱷魚七五號就此永遠長眠了。

7

星期日的美奈

作家來到了辦公室，即便是在度假村，能連上網路的地方也只有經理的辦公室。他把徹夜完成的劇本用電子郵件寄出去之後，也確認錢已經匯入了自己的戶頭。這天是星期五，作家回到了小屋，走過數十個看了怵目驚心的塗鴉，降下小屋的眼皮，隨即進入了夢鄉。不知道多久沒有好好睡一覺了，大口灌下的兩杯威士忌幫助他順利入眠。

星期六早上，作家終於來到餐廳享用久違的早餐，可是卻不見尤娜的身影。到了下午也不見尤娜出現，作家心中產生了疑竇。尤娜的小屋門前，眼皮是降下的，而窗簾也關上了，周遭就像是一夕之間全數靜止般闃寂無聲。可是壓低身子，卻能看到有些東西不斷地動來動去。海裡有許多魚類跑到了岸上，可是牠們卻貌似不知道自己何以來到了陸地。橄欖色的螃蟹此時也接連往陸地上跑，海岸線退得要比平常更遠，把原本隱藏在大海底下的地面全都暴露了出來，只不過夜裡印在海灘上的腳印，水勢老早就順手帶走了。艷陽高照，昨天夜裡發生的事已全數消毒完畢。

夕陽西沉之際，作家按下了關閉按鈕，降下小屋的眼皮，並確認沒有東西落在這個地方。那天晚上，他偷偷地逃離了度假村，一個熟悉島上地理的孩子在度假村外頭等他。星期天早上，也就是說，等幾小時後天剛亮之際，作家就會搭乘事先準備好的專用小艇離開。按照預定計劃，小艇的乘客會有兩名，可是昨晚尤娜已經在交通事故中死亡了。作家深信尤娜之死並非出自偶然，因為這件事並不在劇本中，而且他也沒安排把尤娜的屍體當成人體模特兒來使用。故事已經脫離了他的劇本，自行生出手腳。尤娜死了，路克將會仰天悲號，這也等於保羅有了圓滿的愛情悲劇，但這並非出自作家的構想。作家交出的劇情中，就只有兩個戀人在沙漠中離別的場面而已。

φ φ φ

那是一個悄然無聲，成千上萬的仙人掌隨著星星的角度高低錯落，面向掛滿繁星的天空勃起的凌晨。路克將手伸進了T恤，兩人覆蓋的毛毯滑落了。路克將頭塞進了T恤的洞口之間，而就在躲進T恤內的那短短幾秒，路克的眼眶濕了。路克以那樣的一雙眼望著尤娜，隨著天色破曉，路克的臉有了生氣，他輕聲呢喃：「我會想念妳的。」

美奈的一天就這麼拉開序幕，而那是他們最後一次見面。

φ　φ　φ

不過，尤娜脫離了劇情。尤娜和路克，兩人在最後一幕之後，又見了一次面。隨著路克的出差日期逐漸逼近，尤娜忍不住焦急起來，因爲這可能眞的是兩人最後一次說話的機會。尤娜的大腦中閃爍不止，像是聖誕樹，也像宇宙繁星，同一時間，路克的大腦中也發生了相同的現象。儘管沒人親眼看見，但這件事是眞的。還有，最後路克敲了敲尤娜的房門。儘管小屋的眼皮是降下的，但尤娜知道門外是路克，於是打開了門。路克告訴尤娜，等他在胡志明市辦好了事情，就會在那裡等待尤娜，並送她到機場，但即便如此，兩人也不會分開太久。

傳達這句話之後，兩人把握親吻的機會，把這當成最後一次吻別，接著尤娜叫住了急忙跑出去的路克。尤娜必須傾訴的不是愛意，而是其他的話語。不，正因爲她愛著路克，所以她非得說那些話不可。

作家無法得知尤娜對路克吐露了多少，還有爲什麼做出那樣的決定，但他可以確定的是洩密者死了，而這件事也對作家造成了威脅。若要說尤娜之死讓他領悟了什麼，那就是最好盡快離開這裡。錢已經入帳，此時正是最佳時機。

φ　φ　φ

一切準備就緒的星期一，男人一號將密封布袋依適當的數量分配給卡車的貨物艙，至於布袋裡面裝的是什麼，男人一號也不知道，但他也不想去確認布袋的內容物就是了。也許不做確認還落得輕鬆，反正這些物品也是男人一號從女人七號那邊拿過來的，接下來他只要把物品交給司機就行了。

男人一二號搭上了五輛卡車中的一輛，每輛卡車的目的地都不太一樣。男人一二號必須前往紅沙漠的一號洞，但他也不知道貨艙裡頭裝的是什麼，只一心爲了淡季還能有活兒可幹而開心。他的任務是將裝載的貨物倒進一號洞。雖然不知道一號洞在哪兒，但聽說只要到了沙漠入口就會得到指示。凌晨兩點半，連路燈都沒有的路上一片漆黑，但要前往沙漠並不困難。抵達紅沙漠之前的白沙漠就扮演了路燈的角色，而且月光也格外皎潔明亮。

跟在男人一二號的後頭奔馳的是男人一六號，他也同樣要前往紅沙漠，但內心卻一直感到不對勁。錢給得太多了。以把貨物搬運到工地的工作來說，比起平常酬勞也多得太誇張，因此他很不安。不過他也無法得知貨艙裝的是什麼，只知道時間到了，自己就得搭上預定編號的卡車，然後把貨物運送到目的地。知道還有另外好幾個人跟自己一樣，都駕駛著卡車在路上奔馳，卻無法令他稍感安心，甚至反而加劇了不安。是要發生戰爭了嗎？頓時腦中浮現了各種想法。男人一二號的目的地看起來和男人一六號相同，可是原本跑在前頭的男人一二號卻突然消失了蹤影。就在男人一六號不禁懷疑「男人一二號是開著卡車飛上了天嗎？」的時候，很快的那輛卡車直接墜落在他的卡車上頭。道路猶如一根糖蔥直直往天上衝，四面八方傳來了震耳欲聾的噪音，卻是從來都不曾聽過的警報聲。閉上眼睛之前，他看見了一堆人體不知道是從男人一二號的卡車，還是從他自己的卡車掉落出來，但總之是從其中一輛貨車艙中傾瀉而下。儘管只是匆匆一瞥，卻看到那些屍體的臉上都有表情。其中好像還包括許久前見過的人、肯定認識的人，但也有壓根就不知道對方存在的人。這些人體猶如石塊般往下墜落，其中還有幾具重重撞上卡車，砸破了玻璃窗，朝著他的臉落下來。

兩輛朝相同方向奔馳的卡車同時摔了個跤，承載卡車的道路脫離了原來的軌道，波濤也衝上了地面。整座村莊還在沉睡著，男人二號聽見警報聲後大驚失色，看了一眼掛在牆上的時鐘。才凌晨三點，離活動開始還有好幾個小時。儘管男人二號試著再次進入夢鄉，卻莫名地睡不著，甚至還有些浮躁——那是一種緊張與恐懼揉合而成的躁動。

提早知道自己的死期，究竟是毒藥還是解藥？男人二號從接到角色的那天開始就持續思考著這個問題。他的父親在病床上走完了一生，母親也同樣步上了父親的後塵。因買不起藥而送命的歷史在他家代代相傳，男人二號在幾小時後可能就得迎接被土活埋的命運，但他卻不知道這究竟是自己的宿命，抑或是他自行選擇的未來。儘管是自己主動表示想成為死者，但那是因為他有非死不可的理由，或者說他也毫無選擇的餘地。因此，或許這就是他的宿命吧。活動開始籌劃之際，四千美元已經匯入了他的戶頭，那是大大高出交通事故死亡賠償金的數字，聽說也是在此事件的各樣角色中酬勞最高的。只要有了這筆錢，其餘的家人，也就是母親和兩個孩子，就能終結缺乏藥物，只能坐著等死的傳統。妻子在多年前就已遠走他鄉，斷了聯繫。如果妻子還在的話，情況或許會有些許不同，但那樣的假設不具任何意義。

男人二號開始刮起鬍子。他之所以需要發揮演技，是因爲臨死之前必須讓高塔附近的監視器拍到他幾次，所以，他甚至覺得自己要迎接的並非眞正的死亡，而像是一場遊戲。從各方面來說，男人二號是百感交集。他胸口升起一陣刺痛，可是就在他的周圍，舉目盡是肯定他的選擇沒有錯的要素。當然，他也可能不會死。他停下刮鬍子的動作，凝視鏡子，稍後想起了幾件自己該做好的事。他必須駕駛四輪傳動車衝向紅沙漠的一號洞，而因爲洞口的大小和深度都很驚人，所以衝進那個地方的人——還是和龐大的機器一起——死亡的機率就更高了。不過，他說不定可以保住一命。假如他吉人天相，能逢凶化吉，就能魚與熊掌兼得，既能拿到四千美金，還能保住小命。假如他能活下來，接下來還有幾句台詞要說，他試著要背出台詞，卻發現想不太起來，不由得心生怒氣。竟然忘記了倖存下來時要說的台詞，這實在太教人惱怒了。

這件差事是個機會。但若不是他和 Belle Époque 的經理有交情，是不可能拿到這份差事。他不懂，明明這條路是自己選的，可是爲什麼會有種滿腹冤屈之感。遠處的警報聲持續響個不停，活動預定在晨間八點開始。這時響起警報，實在太奇怪，男人二號握住了門把，但不知道究竟是誰打開了門。門開啓的瞬間，男人二號的眼鼻口和所有洞口隨之大大開啓了。聲勢驚人的泥土和水流如雪崩般倒進各處洞口，時而是巨型廢鐵，時而是波浪，時而又是強風，吞噬了男人二號的慘叫聲。

慘叫聲如回音般挨家挨戶迴盪開來，家家戶戶的屋頂倒塌、地面凹陷，並且隨即被快速吸進了海平面的那一頭。

女人五號正在使用吸塵器。雖然在凌晨三點使用吸塵器很不尋常，但今天是例外。女人五號決定在今天送走長年來以植物人狀態苟活的孩子。上一次和孩子對話，已是四年前的「我出門了」「好喔」而已。去上學的孩子被人送到醫院，然後就一直沒有甦醒過來，而必須摘除呼吸器的時間點也老早過了。醫院以「已經盡力了」的說法要求她支付未結清的款項。女人打算今天抱著孩子跳進二號洞，聽說在她跳下的那一刻，錢就會轉進戶頭，女人寫的是鄰居老友的帳號。但是，就連她自己也很難理解，爲什麼非得要在這個即將了結一切的節骨眼使用吸塵器。

平時這台吸塵器的集塵袋總是很容易就鼓起來，這天卻怎麼樣都吸不了東西。女人五號聽不見外頭的噪音，就在她把吸塵器強度調到最強，走出客廳的時候，碎裂的玻璃窗跟月光一起灑落滿地。瞬間，就在短短幾秒之內，女人五號以爲自己看到光。但身軀龐大的入侵者，是暗灰色的，在其腳掌下，女人五號的身子輕易就折斷了，唯一倖存下來的，就只有還張開嘴巴呼吸的吸塵器。吸塵器像是呑下了要比平時大很多的物體似的，發出了噎住的聲音。

男人四號一聽到警報聲，就啓動了摩托車。因爲時間點比約定的時間早太多，所以他覺得很奇怪，但是打電話給負責人，對方又沒接。他所知道的負責人是女人二一號，只不過她似乎還在睡夢中。他又再次聽見了警報聲，但他等待的是卡車。他原本得到的指示是，當卡車遠遠駛來，警報聲就會適時響起，那個時間點會落在早上八點左右。至於他的任務則是等到卡車來了，警報聲響起後，就按下開關，可是眼前這順序卻亂了套，變得亂七八糟。卡車還沒來，警報竟然先響了，雖然心中很疑惑，但畢竟這島上從來沒響過警報聲，所以這顯然是個貨眞價實的訊號。男人四號必須按下與二號洞連接的開關，但他也不太清楚，按下這個開關之後，後面會發生什麼事，只知道光是在這凌晨時分按下開關，他就能領到酬勞。男人四號壓根不知道二號洞在哪裡，只知道自己要去按高塔下方寫著二號的按鈕，這並不是什麼難事，雖然覺得似乎事有蹊蹺，但那終究只是多餘且無謂的好奇。

高塔底下已經來了好幾個人，大夥的表情大同小異。當警報聲再次響起時，所有人都一副迷迷糊糊的樣子，不知道該把它視爲訊號，又或者是發生了什麼異常狀況。預定警報聲響起的時間是八點十一分，儘管不確定能不能信得過提早了好幾小時的警報聲，但隨著警報覆蓋區域逐漸擴大，身體也反射性地認爲應該要採取行動了。大家像無頭蒼蠅似的東奔西竄，不知道現在是該抓住繩索，該按下開關，又或者是該等到預定時間到來。在高塔上方的女人八號探出了頭，她也露出了困惑不已的表情。就在提及無法和女人二一號通上電話，是不是該有個人去度假村看看時，男人二〇號和男人四號同時舉起了手。最後決定由男人四號前往，男人二〇號留在原處。他們都有各自要扮演的角色，也會領到相對的酬勞，所以無法擅自離開現場。雖然認為這是在按照劇本演出，男人二〇號卻怎麼樣都甩不掉心頭往下沉、直壓骶骨的感覺。事到如今，他冷不防地恐懼起來。男人二〇號也和多數人一樣，比起性命，更迫切需要錢，所以才會報名參加，可是在這一刻他卻想活下去。死亡似乎不像他想的那麼簡單，他想逃，想以去度假村為藉口離開現場。一動也不動地站在即將成為自己墳場的地方，苦等著活動開始，這件事讓他害怕得快抓狂。

男人四號騎著摩托車前往度假村之後，男人二〇號雙腿一軟癱坐在地上。看到其他人的表情之後，他更驚恐了。男人二〇號的口袋中裝著可以證明他的身分，以及佐證他感人故事的妻子照片。那張照片是合成的，扮演他妻子的女人一〇號尚未出現。他們是結婚不過三個月就遭遇變故的不幸家庭，可是男人對女人一〇號不太了解。他們大概聊過三次，全都是在他們接下男人二〇號和女人一〇號的角色之後的事。能了解她的時間，就只有開會與練習的時候，但在不知不覺中，男人二〇號把女人一〇號當成了真正的妻子。雖然只是自己一廂情願，但男人二〇號真心想要和女人一〇號牽手、親吻、談天說地，還有許下各種誓言。他們兩人很相似，無論是過往的生長環境、現在的選擇，抑或是未來的故事。

不見女人一〇號來到現場，男人二〇號更加不安了。警報聲再次響起，有人開始指揮大家做事。在男人四號尚未回來的情況下，開關啓動了，一號洞開始坍塌，遠處的二號洞也傳來了聲響。事先放置的攤販台與手拉車等布景道具，全數被掃到下方，發出有如慘叫聲似的悲鳴，塵埃揚起，也像是奮力掙扎似的翻起沙土。男人二〇號必須縱身躍下，讓自己的重量沉入一號和二號洞之間如沼澤地的區域，那裡的地面只等他的腳一觸及，就會整個凹陷下去，但是他卻怎麼樣也邁不出步伐。他在做出判斷之前，身體就已經朝著與騷動相反的方向跑去，問題是他也分不清哪裡才是反方向。一號洞坍塌之後，二號洞也會塌下去，但現在坍陷的並不是洞口，而是天空。高塔如一道長長的影子，朝著他奔跑的方向倒下，不，之所以只能這麼解釋，是因爲在高塔的石塊崩落之前，沙漠就已經碰上地牛翻身，率先衝上天際。如今，無論是高塔或沙漠，都無一倖免，全都攪在了一起。

「沒事，大家不要驚慌。」站在高塔上的某個人捧著一台相機說道。這是他的角色，可是他手中的相機先被捲走了，接著他的身子也被捲走了。大家都看見有個男人的身體被捲進了地底下。那地方不是洞孔，什麼也不是，但高塔斷成了兩截，上半部墜落在沙塵縫隙之間，猶如鹽柱澈底融化了。

摩托車尚未抵達度假村之前，甚至尚未離開沙漠之前，男人四號就目睹了沙漠和高塔崩塌的景象，他甚至無法區分哪一邊是上，哪一邊是下。要不了多久，男人四號的摩托車也迷失了方向，不知道消失到哪去了。前往度假村的不是男人四號也不是摩托車，而是強風駭浪。度假村假裝和平時一樣在睡夢中，但實際上是醒著的，某間小屋正在忙著匯款，某間小屋正在忙著確認監視器，某間小屋則是做好了等到有人下令就跑出去的準備。這時警報器如慘叫聲接連響起，聽起來就像是某人將喇叭撕成碎片似的，讓人狂起雞皮疙瘩。幾丈高的波浪吞噬了身體、吞噬了房子、吞噬了書本，而受到驚嚇的文字全如魚兒般跳了出來，接著在某一刻，一切靜寂如墳場。

電力、聲音與行動全部停止的夜晚，只餘下表情和噪音還有點動靜。這夜經理房門前，有聲音說道：「貴賓來了。」

在抬起頭的經理面前，他現身了。誰也沒邀請這位貴賓，有著如巨山般的身軀、以大海爲跳板站立起來，長年漂泊在大海之上的貴賓，在經理面前伸了個懶腰之後，在原地崩解了。經理連忙往緊急逃生梯竄去，但地面已開始舞動，他每跨出一步、每踩下一腳，地面就如摩西行神蹟般一分爲二。在龜裂的縫隙之間，粗獷的樹根探出頭來，接著最古老的樹根之一纏住了經理的腳踝。數百年才能見上一次的光景霎時間全發生後，一切轉眼又歸於平靜。

φ　φ　φ

海浪懷抱著垃圾浮島，通過沙漠的背脊，一舉闖入了村莊的中心。來自異國的垃圾、跨國漂浮廢棄物襲擊美奈的時間是凌晨三點。隨著時間過去，從太平洋吸收的眾多漂流屍體，也跟著軀體逐漸擴大的垃圾島一起同行。僅僅花了四分鐘，美奈就完全被摧毀了，而且就這麼巧，這天正好是八月的第一個星期日。一些人只當預定的活動提前了，因此善盡職責扮演好角色，也有些人發覺這與原訂活動毫無干係，但就算有所發現，也對他們能否存活起不了任何作用。

早上八點，預定的時間到來，旭日像是爲了照亮昨晚那些深夜活動似的，從地平線上東昇。許多人闔眼躺在沙漠、道路、度假村和海灘上，一切是如此公正無私，不分部族，不分階級，也不分區域，所有人都糾纏在一塊，閉上眼的人都沒說話。這幅令人難以置信的光景，甚至連站著的人也目不忍睹，紛紛閉上了眼睛。

從千里之外俯瞰美奈，甚至分不清哪些是人，哪些又是遭人丟棄的垃圾。損失最爲慘重的，是占據海岸線一帶的度假村，幾部來不及上演的劇本散落在度假村的角落，任由風吹翻頁。強風彷彿想磨光劇本上的文字，卯足全力狂吹；巨浪則像是要抹去那些字體似的，接二連三地湧入。

大部分的生存者都聚集在紅樹林。要是有人的眼力夠好，說不定就會目睹昨夜天黑之後有無數的鱷魚在移動。以船爲家的房子、裝或沒裝馬達的房子、無力繳納稅金的房子、住在美奈卻日子過不下去的房子，還有最重要的，莫過於等天一亮，就會全數倒塌的房子，都成群結隊地橫跨海面。

鱷魚們帶著水上屋前往紅樹林。這個點子是之前尤娜想到的，紅樹林可以掩護許多人。

凌晨時分，與尤娜分開之後，路克就一口氣跑向了水上屋。他告訴鱷魚們，居住許可證只是個陷阱，要他們在星期六的夜晚偷偷移動到紅樹林。有幾個人懷疑路克，也有些人並不相信他的說詞，但對路克來說，他能做的就只有這些。

越南出差的行程是三天，路克沒辦法拒絕這突如其來的行程，而且他以為自己能在胡志明看著尤娜踏上歸途。路克靜靜凝視著這間父母留下的斷壁頹垣的房子一會兒之後，便出發前往碼頭。然後，星期六的夜間，有人按照路克的話採取行動，但也有人動彈不得。決定採取行動的水上屋，如鱷魚般移動往水深處並穿越海洋。他們明白居住許可證等於危險，為了避開即將在早晨到來的卑鄙圈套，他們開始移動，只是，早晨尚未來臨之前，整個世界就開始天搖地動，直到他們再也分不清什麼是什麼。海嘯在美奈橫行肆虐之際，活過數百年歲月的樹林以根部摟抱住鱷魚們，等到天亮之後，這些鱷魚發現他們占了島上倖存者的多數。但是這批倖存者沒有要記的台詞，也沒練習過任何台詞，甚至也沒有可歌可泣的背景故事。既沒事前排演，也無酬勞可領，無數故事卻如鮮血從破裂的頭顱流出般，流向了大海。

0

紅樹林

北上，

低氣壓、梅雨、某人的訃告。

南下，

罷工、垃圾、故事。

故事。

過去一週，以最快的速度處理的是死訊——過了出殯日就失去效力，有效期短，因此必須從速辦理。

消息始於美奈，這個地名沒聽過的要比聽過的人更多。某天夜裡，在海嘯的侵襲下，那地方的所有生活戛然而止，化爲了點、點、點。在美奈岸邊擱淺的垃圾島如點、點、點般零散分布，印著韓語的塑膠製品猶如碰上船難的船員，在海灘上滾來滾去。

比起在韓國南海岸時規模更加龐大的垃圾島，在一夕之間脫離預測路徑，來到了美奈。原先預測路徑的人，現在開始逆向追蹤垃圾島漂流路線，可是卻不見其中有任何特殊原因，只好以有股來自地球深處的強風、一股龐大氣流猝然改變漂流路徑來解釋。總而言之，無數令人眼熟的垃圾遍布於異國海灘和道路上的景象，已足以擄獲韓國人的目光。

勤快的觀察家甚至還在沙漠中發現天坑的痕跡。專家說了，天坑現象看起來像是人們強行在紅沙漠進行高塔工程，導致美奈地盤脆弱，加上暴雨和乾旱侵襲所造成的結果。這些反應完全就在作家先前的盤算裡，只是不巧碰上威力無窮的海嘯來襲，天坑沒機會一展其威力，作家也沒機會看到這些反應，因爲他也同樣成了逾五百名死者中的一名。有人在美奈碼頭的菸灰缸前發現他的遺體，或許，正是最後一根菸決定了他的生死。

教人意外的是，作家的背包中發現一疊完好無缺的紙。那是黃俊模所創作的劇本，故事正是以八月的美奈爲背景，因此吸引了大眾的目光。同樣是八月的第一個星期日，差別只在於襲擊美奈的是天坑或是海嘯，因爲各種狀況都很相似，所以大家難以區分劇本究竟是虛構或是眞實——到底是驚人的生死一線間的存亡紀錄，或者是令人毛骨悚然的虛構故事。

φ　φ　φ

大家把焦點放在劇本中出現的韓國女人。這女人叫做高尤娜，是在異地浩劫中喪命的旅行社員工。由於度假村內發現了幾件屬於韓國女人的物品，所以這部劇本就更引人注目了。儘管目前尚未發現可能是高尤娜的屍體，但有些人取得了這個劇本，試著尋找其他人物。

向叢林旅遊打聽高尤娜的人越來越多，大部分都是媒體打來的電話。儘管對前任員工的臉孔沒什麼印象，交接的人仍很努力想起有關她的點滴，只不過他很難判斷怎麼回答才更接近正確答案。大家都說，他們想知道的是尤娜私底下的一面，但問題是交接者又不認識私底下的尤娜。儘管公司向來以公私不分惡名在外，但交接者也只對尤娜的事略知一二。儼然高尤娜要不是個討厭留下痕跡的人，就是早已被公司遺忘了。幸好一些認識尤娜的人各自說了一兩句，所以還能公開幾個相關的訊息。其中有尤娜弄丟了一點五雙鞋子的故事；有她最近傾注全力做某個企劃，最後只能無奈黯然退出，為此傷透了心的故事；也有她在旅行地迷路的故事。全都是些尤娜倘若活在人世根本不會有人記得，甚或是子虛烏有的逸事。

尤娜工作的繼任者接下美奈企劃的指揮工作，但處理相關事宜速度就像處理效期短暫的訃告似的。要打開尤娜的郵件並不難，反正那些企劃內容最終都傳回了首爾。美奈套裝行程是尤娜經手過的旅遊企劃中最讓人拍案叫絕的。當然，其中還需要一點微調，因為火山、溫泉和沙漠的天坑都已化為一片狼藉，所以需要有新噱頭來填補。其中最具代表性的景點之一，就是紅沙漠上斷成兩截的高塔。海嘯將保羅的高塔一切為二，但說巧不巧的，在斷層面上正好有棵巨樹如鳥巢般鑲嵌在上頭。這一帶有爲數眾多的絞殺樹，但樹根卻毫髮無傷地緊緊纏住高塔，因此形成了非常有看頭的景觀。高塔彷彿成了樹木的新宿主，而這幅風景就放在宣傳刊物的封面上

這張照片成了美奈的浩劫最具代表性的意象，但在美奈當地，該不該拆除高塔的爭議卻僵持不下。美奈獲得了災區重建專案的補助，可是關於高塔的意見卻始終無法一致。有些人說，就視覺上來看，這會成爲一記敲醒世人的警鐘，也有些人說，這是一個傷痛的痕跡，應當盡快清除。在爭議之中，高塔與樹木不安地共生了將近一整季。

趁著美奈的故事澈底被世人遺忘之前，趁著那斷成兩截的高塔還在原地撐著，旅行團開跑了。這時的美奈正好進入乾季，很適合旅行，於是大家基於教訓、衝擊、擔任志工或尋求靈性安寧等各自不同的理由來到美奈。觀光客領到的導覽手冊第三章上頭，寫著不幸在出差期間畫下生命句點的旅遊企劃專員的名字與她的一生。尤娜的名字帶來了不可或缺的廣告效果，導遊露也推出了高尤娜與黃俊模的回憶錄，爲宣傳盡了

一份心力。

天色未亮，在紅樹林一帶，比太陽更早起的是相機。即便面對威力無窮的海嘯，紅樹林依然展現驚人的生命力並倖存下來的事蹟，令遊客們嘖嘖稱奇、讚嘆不已。停泊於該處的水上屋不再遷移。某個人經常拿著一本巨大的書坐在水上屋的前面，書本一方面雖是護衛他面容的盾牌，另一方面也是要展示書封上高尤娜這個名字。遊客可以跑到坐著的人的後方，確認書上寫了些什麼。在翻開的書本上，一頁有著一台大大的相機照片，另一頁則有美金的標示。幾個人交了一美金，拍下了閱讀之人的照片。

路克也是倖存者之一，事發當時他人在外地，所以幸運地避開了八月的第一個星期日。只是，當他回到美奈，得知尤娜未能平安歸國，整個人崩潰了。路克本來深信自己沒能在胡志明見上尤娜一面，只是因爲行程上出了小小的差錯。可是，他萬萬沒想到尤娜竟變成了一具冰冷的屍體。路克悲傷欲絕地朝大海長嘯，腳步踉蹌，有些人竟認出了他就是劇本裡的路克，想親口聽他說自己的故事，想拍下他的容貌，甚至有人把相機或錄音機湊到他的面前。

「遠遠的，我看見那名女人的裙襬隨風飄揚，那是一件紅色短裙，她走到高塔的中段時，在石子相間的縫隙中，那襲紅色短裙猶如信號燈般閃了一下，隨即就消失了。我頓時感到天旋地轉，我們倆的故事就這樣開始了。」

那是作家黃俊模劇本上路克所說的台詞。說不定人們是期待從路克的口中聽到這些話，但他卻什麼話也沒說。面對路克的緘默，人們仍不肯放他走，那是因爲尤娜遺留下的相機裡復原了幾張照片，其中有一張是沒有對焦的路克的身影，另一張則是路克和尤娜躺在小艇上的照片。正是這兩張照片解釋了黃俊模的劇本有可能並非純屬虛構。然而，沒辦法定睛看著照片的人，就只有路克一人。

「你和高尤娜小姐是什麼關係？是情人嗎？」人們探問。

「發生事件之前，你最後一次見到高尤娜小姐是在什麼時候？」

「你知道高尤娜小姐的屍體可能會在哪裡嗎？」

「根據那份紀錄，你是高尤娜小姐在當地的情人呢。」

問題既無禮也很老套，接著頻率和強度逐漸模糊不清。面對默不作答的路克，最後人們拋出了這樣的問題——

「你認識高尤娜小姐嗎？」

「不認識。」路克用冷漠的口吻回答。

路克背對人群，但一句謊言無法拯救他。

「能藏的地方好像就只有那座森林，紅樹林。」

尤娜當時替鱷魚們想到的藏身之處，如今成了離開人世的尤娜唯一能藏身的空間。

海洋朝陸地逼近了一掌的距離，路克依然向前走去。他想著遠風吹過境留下的沙土痕跡宛若她的肌膚，想著自己不敢輕易將她的身子、她的故事交給那些人，他繼續走向大海。從她的母國漂來的物品依然散落在海灘上，有些句子他讀得出來，有些句子讀不出來。路克伴隨著相機的快門聲，沿著任何新聞報紙都無法跟上的狹窄通道，走進了無人能追上的紅樹林深處。沿著這條路逆著往上走的時候，路克的大腦中有著誰也看不見的星星反覆亮了又滅、滅了又亮。

後頭的某處傳來了移除高塔的施工噪音。倘若不是樹根在強風下如鐘擺般劇烈晃動，搞不好那玩意就會永遠掛在那上頭。如今大家終於取得共識，基於安全考量，決定將那棵樹從高塔上肢解取下，而那座高塔也將從地上拔除了。耗費了數個月來發愁苦惱，可是肢解樹木所花的時間卻連十分鐘都不到。高塔與樹木之間，有幾具屍體如成熟的果實般咚咚咚地掉了出來，只是尤娜並不在其中。

作者的話

獻給無數與我擦身而過的人生旅者

寫作的期間，時而感到躁動難抑，不過最適合用來說明這種情緒的，果然還是溫度。這份情緒是一種溫暖且慵懶得恰到好處的形態，因此爲我帶來了某種光合作用的效果。在咖啡廳時，我選擇的座位主要是靠牆，能遠遠地凝視整面玻璃窗，比起向陽，更接近向陰的位子，但在寫作時，卻莫名地感覺到全身的皮膚彷彿成了太陽能的集熱板。

一旦皮膚化爲了太陽能的集熱板，世上萬物均能帶來刺激，世上萬物皆互有所關聯。曾經，我夢想自己擁有一具甲殼動物的堅硬外殼並開始寫作，而那是因爲希望自己能藏在殼內，好對外來的刺激變得遲鈍一些，可是寫久了卻發現恰恰相反。正如我說的，我成了一塊毫無防護罩、孑然一身的太陽能集熱板，我並不是進入了殼內，而是成了外殼本身。

創作《災難觀光團：命懸一線的旅程即將出發》期間，季節更迭了兩次或三次左右，感謝在這段時間，與我擦身而過的無數「人生」旅者。

二〇一三年十月
尹高恩

國家圖書館出版品預行編目資料

災難觀光團：命懸一線的旅程即將出發 / 尹高恩著；簡郁璇譯. -- 初版. --
臺北市：寂寞出版社股份有限公司，2022.03
272 面；14.8×20.8公分（Cool；41）
譯自：밤의 여행자들
ISBN 978-626-95323-4-6（平裝）

862.57 111000680

Eurasian Publishing Group
圓神出版事業機構
用心與你對話．視野無限寬廣
寂寞出版社
Solo Press

www.booklife.com.tw reader@mail.eurasian.com.tw

Cool 041

災難觀光團：命懸一線的旅程即將出發

作　　者／尹高恩
譯　　者／簡郁璇
發 行 人／簡志忠
出 版 者／寂寞出版社股份有限公司
地　　址／臺北市南京東路四段 50 號 6 樓之 1
電　　話／（02）2579-6600 · 2579-8800 · 2570-3939
傳　　真／（02）2579-0338 · 2577-3220 · 2570-3636
總 編 輯／陳秋月
資深主編／李宛蓁
責任編輯／朱玉立
校　　對／李宛蓁 · 簡郁璇 · 朱玉立
美術編輯／林雅錚
行銷企畫／陳禹伶 · 鄭曉薇
印務統籌／劉鳳剛 · 高榮祥
監　　印／高榮祥
排　　版／莊寶鈴
經 銷 商／叩應股份有限公司
郵撥帳號／ 18707239
法律顧問／圓神出版事業機構法律顧問　蕭雄淋律師
印　　刷／祥峯印刷廠
2022 年 3 月　初版

定價 360 元　ISBN 978-626-95323-4-6